冰心获奖

悄无声息的时光

刘国芳 著

共享获奖作家独特的文学视野
品味成长季节绵长的青涩与甘甜

中国书籍出版社
China Book Press

图书在版编目（CIP）数据

悄无声息的时光 / 刘国芳著. —北京：中国书籍出版社，2018.3
ISBN 978-7-5068-6826-6

Ⅰ.①悄…　Ⅱ.①刘…　Ⅲ.①小小说－小说集－中国－当代　Ⅳ.①I247.82

中国版本图书馆CIP数据核字（2018）第062750号

悄无声息的时光

刘国芳　著

丛书策划	牛　超　蓝文书华
责任编辑	牛　超
责任印制	孙马飞　马　芝
封面设计	红十月工作室
出版发行	中国书籍出版社
地　　址	北京市丰台区三路居路97号（邮编：100073）
电　　话	（010）52257143（总编室）　　（010）52257140（发行部）
电子出箱	eo@chinabp.com.cn
经　　销	全国新华书店
印　　刷	北京一步飞印刷有限公司
开　　本	710毫米×1000毫米　1/16
字　　数	230千字
印　　张	13
版　　次	2018年6月第1版　2018年6月第1次印刷
书　　号	ISBN 978-7-5068-6826-6
定　　价	32.00元

版权所有　翻印必究

目录
CONTENTS

悄无声息的时光 …………………………………… 001
月亮船 …………………………………………… 004
1963 年过年 ……………………………………… 007
房　子 …………………………………………… 010
山 ………………………………………………… 013
玉　米 …………………………………………… 016
丢　失 …………………………………………… 019
金灿灿的金银花 …………………………………… 022
孩子与气球 ……………………………………… 026
拾稻穗的小男孩 …………………………………… 029
卖　瓜 …………………………………………… 032
流浪狗 …………………………………………… 035
老　人 …………………………………………… 038
往　事 …………………………………………… 040
黑蝴蝶 …………………………………………… 043
一　生 …………………………………………… 046
挨　打 …………………………………………… 048
画家和女孩 ……………………………………… 051
河边的小花 ……………………………………… 054
电　影 …………………………………………… 058

起　舞	061
老　屋	065
乡村老人	068
门	071
忘　记	075
牙　医	078
实习生苏拉	080
张小禾进城	084
泡　脚	087
搬　家	090
摆　脱	093
小　品	096
被风吹走的快乐	099
下岗的男人	102
品牌男人	105
绑　架	108
喝　酒	111
枣香婆	114
解　释	118
意　外	121
尾　随	124
向往阳台	127
你以为你还能坐这儿吗	130
你看我是谁	133
我不认识你	136

下　来	139
求你为我作证	142
双　规	145
发　芽	148
想去河边烤红薯	151
视　察	154
告　状	157
看他的下法	160
我怎么知道	163
稻草人	166
村　姑	169
若有所失	172
剪　径	175
恋　爱	179
乡村故事	182
被狗咬了	186
乡村医生	189
陌　生	192
灿烂如花	195
春　天	198
离　开	201
落　叶	205
风　铃	208

悄无声息的时光

那时候,亚还是个孩子。有一天,亚在河边看见一个老人。老人坐在水边。静静的,一动不动。亚没去打扰老人,亚住在河边,亚天天都会和一些孩子到河边来,在河滩上跑来跑去,追蜻蜓,捉蝴蝶。玩了很久,亚看见老人还没走。老人仍坐着,一动不动。亚于是走近了老人,亚看着老人说:"爷爷,你坐在这儿做什么呀?"

老人就坐在水边,老人看着流水说:"看时光如水一样悄无声息地流去。"

亚对老人的话一知半解,亚说:"时光怎么会如水一样悄无声息地流去呢?"

老人没回答亚,老人只看着流水一动不动。

亚也坐在那儿,但亚在那儿想时光怎么会如水一样悄无声息地流去呢?

后来,天晚了,一个孩子喊起来:"小亚,我们回去。"

小亚就跑走了。

亚以后还会到河边来,亚仍在河滩上跟一些孩子跑来跑去,追蜻蜓,捉蝴蝶。跑累了,亚就坐在水边。一坐在水边,亚就会想时光怎么会如水一样悄无声息地流去呢?那个老人,亚还见过。老人来了,总是静静地坐在水边,一动不动。有一天,亚又跑近老人,亚说:"爷爷,你又在看时光如水一样悄无声息地流去吗？"

老人点点头。

亚又说："可是我不明白，时光怎么会如水一样悄无声息地流去呢？"

老人说："你将来就会明白。"

亚说："将来是什么时候呀？"

老人说："将来就是很久以后。"

亚还是不懂。

亚还是经常到河边来，但亚再没见到那个老人。但即使见不到老人，亚也会记得老人说过他坐在水边看时光如水一样悄无声息地流去。亚还会在河滩上跑来跑去，追蜻蜓，捉蝴蝶。但跑了一会儿，亚就会在水边坐下来，像老人一样坐着，静静地，一动不动。然后想时光怎么会如水一样悄无声息地流去呢？一些孩子看出亚的古怪，于是一个孩子说："小亚，你怎么老坐在水边发呆呀？"

亚说："我想知道时光怎么会如水一样悄无声息地流去。"

孩子说："你乱七八糟说什么呀？"

亚说："我没有乱说，我就是想知道时光怎么会如水一样悄无声息地流去。"

这个想法后来一直装在亚的心里，亚只要一走到河边来，就会坐下来，一动不动地坐在水边，呆呆地想时光怎么会如水一样悄无声息地流去。河边还有孩子玩着，他们跑着跳着，追蜻蜓，捉蝴蝶。但亚对此无动于衷，他看都不看他们一眼。亚只坐在水边，看着流水想时光怎么会如水一样悄无声息地流去。

天天如此。

河边玩着的孩子，当然看见一个人天天坐在那儿。这人呆呆地坐着，一动不动。孩子没去过问他，他们只在河滩上跑来跑去，追蜻蜓，捉蝴蝶。这后来的一天，终于有一个孩子跑到了亚的身边，孩子看了看亚，然后说："爷爷，你坐在这儿做什么呀？"

亚听到孩子喊，但亚一点反应也没有。

孩子没听到亚的回答，就用手碰了碰亚，再说："爷爷，你坐在这儿做什么呀？"

亚就看着孩子，亚说："你叫我爷爷？"

孩子点点头。

亚大吃一惊了，亚没有看孩子，亚只看着流水。在水里，亚忽然看见自己一张苍老的脸。这时刻，亚真切地感受到时光如水一样悄无声息地流去了。

孩子仍没听到亚的回答，孩子仍问："爷爷，你坐在这儿做什么呀？"

"看时光如水一样悄无声息地流去。"亚回答说。

月亮船

一个住在河边的女孩，总喜欢在门口站着，看河。一个晚上，弯弯的月亮映在水里，女孩觉得它像一只船。女孩很惊喜自己的发现，于是蹿屋里去，跟大人说："爸爸妈妈，你们看，水里的月亮像一只船。"

女孩的爸妈走出来，一起往水里看，然后父亲说："是像一只船。"

女孩的母亲也说月亮像一只船，还说那是月亮船，说着，轻轻地唱起来：

月亮船呀月亮船

载着妈妈的歌谣……

女孩天真，在母亲唱着时颠颠地往河边去。六人见了，吓坏了，过去一把扯住女孩，还说："你去哪儿？"

女孩说："我想坐在月亮船上，让它载着我。"

女孩的母亲父亲听了，都笑，做母亲的，还点着女孩的额头说："月亮船在很远的地方，你坐不到它。"

女孩看着母亲，女孩说："我怎样才能坐到月亮船呢？"

母亲没说，只是摇头。

过后，女孩每天晚上都在门口看着水里的月亮船，还不住地缠着母亲让母亲告诉她怎样才能坐到月亮船。母亲没告诉女孩，只跟女孩说："别烦了，我教你唱月亮船的歌吧。"

说着母亲唱了起来：

月亮船呀月亮船

载着童年的神秘

飘进了我的梦乡

悄悄带走无忧夜

……

女孩觉得这歌很好听，学起来。

一天女孩和母亲正唱着，忽然河里传来"救命呀——救命呀——"的呼救声。女孩的父亲听了，飞快地从屋里蹿出来往河边跑，女孩的母亲跟着往河边跑，女孩隔壁一个王叔叔，也往河边跑，然后三个人一起跳进水里。好一会儿，女孩看见三个人从水里爬上来，这三个人，一个是女孩的父亲，一个是女孩的母亲，还有一个，女孩不认识。而女孩隔壁那个王叔叔，却没上来。女孩的母亲看见王叔叔没上来，便在河边喊："小王——小王——"

没有回音。

那个王叔叔一直没上来，女孩看见父亲母亲和小王的母亲在河边找了几天，但没找到。女孩不知道那个王叔叔去哪里了，就问母亲，女孩说："王叔叔呢，他怎么没上来？"

母亲眼睛红红的，没作声。

女孩又说："妈妈，你说呀，王叔叔去哪里了？"

女孩的母亲看着河，河里，一弯月亮又像一只船了。母亲见了，开口告诉女孩说："王叔叔被月亮船载走了。"

女孩说："你不是说月亮船在很远的地方，坐不到吗？"

母亲说："王叔叔救人，月亮船才载着他。"

女孩说："妈妈你也救人，爸爸也救人，月亮船怎么不载你们去呢？"

父亲在屋里听了，吼一声过来："莫乱说，乱说打扁你！"

母亲说："莫吓着孩子。"

以后无数个晚上，女孩和母亲都坐在门口，她们一边看着水里的月亮船，一边唱着月亮船的歌，直唱得水里月亮船悠悠地远去。

一天，也是月亮船在水里飘荡的时候，河里又传来了救命的呼喊声。女孩的父亲听了，又飞快地从屋里蹿出来往河边跑。女孩的母亲，也跟着往河边跑，然后两人一起跳进河里去。但过了一会儿，女孩只看见父亲拽着一个人上来，而母亲却不见踪影。女孩的父亲又跳下水去，但许久，还是父亲一个人上来。

过后，女孩一直没见到母亲，女孩想母亲，哭着跟父亲说："我要妈妈，我要妈妈。"

女孩的父亲泪流满面。

女孩又说："妈妈呢，她到哪里去了？"

父亲开口了，父亲说："你妈妈也被月亮船载走了。"

女孩说："妈妈救人，月亮船才载着她，是吗？"

父亲点头。

女孩说："我要妈妈，我不要妈妈让月亮船载走。"

说着，女孩冲河里喊了起来："妈妈，你回来。"

水里，一只月亮船荡了荡，但女孩的妈妈，却没有回来。

女孩呆了起来。

呆了一阵，女孩开口唱起来：

月亮船呀月亮船

载着妈妈的歌谣

飘进了我的摇篮

淡淡清辉莹莹照

好像妈妈望着我笑眼弯弯

……

1963 年过年

男人挑了一担灯芯,要出门。一个女孩儿,蹦蹦跳跳跑了过来,女孩儿说:"爸爸要去哪儿呀?"

男人说:"卖灯芯。"

女孩儿说:"爸爸什么时候回来呀?"

男人说:"过年回来。"

男人说着,出门了。女孩儿跟了几步,女孩儿说:"爸爸,给我买新衣裳过年。"

男人应一声,走了。

男人很快出了村,往荣山方向去。从这儿到荣山,有六七里,但男人不会在荣山卖灯芯。荣山这一带的人,几乎家家户户都栽灯芯草。这一带的人,也和男人一样,会挑了灯芯,去很远的地方卖。男人现在要往荣山经过,去一个叫抚州的地方。从荣山到抚州,有六七十里。男人肩上挑着满满的一担灯芯,但灯芯没重量,一担灯芯只十几二十斤,男人不把这担灯芯当回事,他一天就能走到抚州。

果然,这天傍晚,男人到抚州了。一到街上,男人喊起来:"卖灯芯,点灯的灯芯。"

有人应声说:"几多钱一指?"

男人说:"三分。"

应声的人讨价还价："两分卖不卖？"

男人说："拿去。"

就有人走到男人跟前来，犹犹豫豫掏两分钱给男人。男人拿一指灯芯给人家，很少的一指，只有小指头那么粗。又有人过来，要买一角钱，男人也拿了一指给人家，这一指大些，大拇指那么粗。再没人过来了，男人又挑起灯芯喊道："卖灯芯，点灯的灯芯。"

此后，抚州大街小巷都听得到男人的声音。

在抚州卖了几天，男人就离开抚州了。男人一路前去，去流坊，去浒湾，再去金溪。金溪过后往南去，先去南城南丰，然后去福建的建宁泰宁和邵武光泽，再回资溪南城，最后返回荣山回家。这样来来回回，男人要在外面待一个多月。但不管走多远，男人都会在过年前赶回去。

这天，男人到浒湾了。

浒湾有上书铺街，还有下书铺街。两条街其实算不上街，只算得上一条小巷子。天晚了，街两边的房屋透出灯光，就是用灯芯点的灯。很暗的光，星星点点。这样星星点点的光，无法照亮巷子。一条巷子，黑漆漆的。男人挑着灯芯，高一脚低一脚走在巷子里，仍喊道："卖灯芯，点灯的灯芯。"

一户人家，没点灯，屋里黑漆漆的。黑漆漆的屋里走出一个人来，这人说："你来得及时，我屋里的灯芯刚好用完了。"

说着，拿出两分钱，买一指灯芯回去。

少顷，那屋里有光了。

也有人不愿花钱买灯芯。这天走到金溪，就有一个人听了男人的喊声后，开口问道："我用鸡蛋跟你换灯芯，可以吗？"

男人摇头，男人说："鸡蛋会打碎，不换。"

这个想用鸡蛋换灯芯的人，站在一家小店铺前，男人见了，就说："你店里有棒棒糖吗，我用灯芯换你棒棒糖。"

那人说："怎么换？"

男人说："一指灯芯换三个糖。"

那人点点头，同意了。

在男人换糖时，男人家里的女孩儿在想爸爸了，女孩儿问着大人说："妈妈，爸爸什么时候回来呀？"

大人说："还早哩，过年才回来。"

确实还早，男人那时候还在金溪。随后，男人去了南城南丰，再去了建宁和泰宁，还去了福建邵武光泽。这一路花费其实很大，男人白天要吃，晚上还得住旅社。这一切开销，全在一担灯芯里。为此，男人一路很节约。有时，男人一天只吃两个包子。而且，这包子不是拿钱买的，是用灯芯换的。但该买的，男人还得买。男人有一天就在邵武买了好几块布，好看的花布，是给家里女人买的。男人还买了一件红灯芯绒衣服，买给女孩儿的。男人还买了一根扎头的红绸子，也是给女孩儿买的。这东西可买可不买，男人犹豫了很久，拿出二分钱，买下了，然后放在贴身口袋里。

男人回来时，灯芯全部卖掉了。但男人肩上的担子，没轻下来，反而重了。男人担子里放着布，放着衣裳，还放着麻糖、花生糖和拜年的灯芯糕。在荣山街上，男人买了几斤肉，买了盐和酱油。然后，男人就挑着东西回家了。女孩儿早就等在家门口，老远看见男人回来了，女孩儿蹦蹦跳跳跑过去，女孩儿说："爸爸，给我买了新衣裳吗？"

男人说："买了。"

女孩儿就跳起来。

不一会儿，女孩儿就让妈妈帮她穿好了红灯芯绒的衣裳。男人买的红绸子，也扎在女孩儿头上。随后，女孩儿含着棒棒糖出去了。在外面，女孩儿看见几个孩子了，于是把口里的棒棒糖拿出来，然后跟几个孩子说："我爸爸回来了，给我买了新衣裳，还买了扎头的红绸子和棒棒糖。"女孩儿说着时，有爆竹噼噼啪啪响起来。

过年了。

房　子

1

孩子喜欢玩积木。

孩子有一盒红颜色的房子积木，孩子还小，但拼积木这样容易的事孩子还是会做的。孩子每天都会拼出一种又一种好看的别墅来。当然，孩子还不知道别墅这个词，孩子只知道他拼出的是一幢又一幢房子。有好长一段时间，孩子只玩着这盒积木。孩子趴在桌子前或趴在地下，不停地拼着，拼了拆，拆了拼，乐此不疲。

2

一个领导在建一幢别墅。

那个县里很多领导都建了别墅，这个领导于是也跟样建起来。开始，领导以为建一幢别墅很麻烦，没想到建起来却非常简单。有人知道领导要建别墅，立即送来了砖，送来了水泥，送来了钢筋。当然，还有人送了钱来。还有的人，干脆把自己送了过来。这话不好理解，正确的说法是，有人整天为领导建别墅忙前跑后。领导没费什么力气，只觉得那别墅吹气泡一样突然就吹了起来。

3

孩子这天又拼了一幢房子,孩子觉得这次拼出的房子特别好看,没拆它。随后,孩子端着房子走了出来。走了不远,孩子看见一幢房子快要做好了。孩子觉得那幢房子很像他手上端着的积木房子。

孩子不再走了,站在那儿。

领导这时从别墅里走了出来,领导看见了孩子手里的积木房子,领导也觉得孩子手里的积木房子很像他的别墅。领导于是看着孩子说:"你手里的积木房子像我的别墅。"

孩子说:"不,你的房子像我的积木房子。"

领导就笑了,领导说:"一样一样,都一样。"

孩子说:"也不一样,我的房子是红颜色的,更好看。"

孩子的话提醒了领导,领导觉得孩子手里的红房子确实更好看,领导于是说:"那我的别墅也贴红瓷板吧。"

说着,领导走了。

孩子也走了。

4

孩子再看见那房子时,房子外面果然贴了红瓷板。孩子手里还端着那盒积木房子,孩子手里的积木房子真的跟他看到的房子一模一样,连颜色也一样。

孩子后来很喜欢去看那幢红房子,这样,孩子就有机会再看见那个领导了。一天,孩子就看见了领导从房子里走出来。领导也认得孩子,领导说:"你怎么又来了?"

孩子说:"来看你的房子呀。"

领导说:"还是叫别墅好听一些。"

孩子说:"别墅是什么?"

领导觉得这问题蛮难回答的,领导想了想,跟孩子说:"别墅就是好看的房子。"

孩子就记住别墅这个词了，孩子说："你的别墅真好看，我大了也要做一幢这样好看的别墅。"

5

这以后不久，领导因贪污受贿被抓了起来。有很多人很恨领导，因为领导收了很多人的钱，但总不帮人办事，这些人便恨领导。领导在位时，他们不敢做什么。但领导被抓了，他们就敢作敢为了。有一阵子，天天有人用石头砸领导的别墅，还有人在墙上乱涂乱画，甚至有人做煤球，也往领导别墅的墙上贴。

孩子当然不知道这些，有一天，孩子又端着他的积木房子去看那幢别墅。到了，孩子忽然发现别墅跟以前不一样了。孩子看见别墅的玻璃碎了很多，墙上涂得乱七八糟，还有门，被踢得稀巴烂了。一幢好看的别墅被弄得这样，便不好看了，甚至，孩子觉得被涂得乌七八糟的房子很难看了。

孩子呆在那里。

在孩子呆着时，一个人捡了一块大石头往窗子上扔。孩子没看到那人扔，但轰的一声响，孩子不可能听不到。孩子吓着了，孩子手一抖，积木落在地上，散了。

随后，被吓着的孩子跑走了。

6

以后，孩子再没去看那幢别墅了。

那盒积木，也不见了。

孩子的积木时代，一去不复返了。

山

芊一直闹着要上学，芊的成绩很好，中考上了重点高中分数线，但芊家里很穷，父母不让芊继续上学。父母说芊要上学，就不让弟弟上学。父母这样说，芊的决心就动摇了，弟弟马上就要去读一年级了，弟弟背着芊用过的旧书包，在屋里走来走去，乐陶陶的样子。芊看得出来，小小的孩子心里，也有一个希望了，这就是读书。芊是姐姐，她怎么也得让弟弟的希望变成现实。

开学了，弟弟如愿背着书包一跳一跳地跑去上学了，芊却没能继续上学。门口走过一个一个背着书包上学的孩子，不敢看他们，芊看见他们就难过。芊后来拿了一把柴刀一根扁担上山砍柴去了。现在，芊真的没有去读书了，芊很难过，在山上呜呜地哭了起来。

十六岁的女孩还是多梦的季节，芊哭了一阵，坐在树下睡着做起梦来。芊梦见自己去读高中了，父母帮她担着行李送她出山，芊就像一只出笼的鸟儿，在父母面前又跑又跳，快乐无比——

芊的梦终止于二痴的喊声。

二痴是村长的儿子，半痴半傻的一个人。二痴见芊在树下睡着了，就喊她，芊就在二痴的喊声中醒了。芊醒了没看二痴，芊沉浸在梦里，芊眼前就是一条出山的路，芊在梦里就是从这条路上走出山的，芊久久地看着那条路，芊在心里发誓，一定要让梦变为现实。

三天后，芊的梦便成为现实。芊去找村长借钱，村长没借，但村长说芊以后如果肯嫁给他儿子，他可以出钱给芊读书。村长是极精明的一个人，他想自己半痴半傻的一个儿子，如果娶芊这样有文化的老婆，下半辈子是不愁了。芊考虑了两天，同意了。村长于是让芊和儿子订婚，全村的人都去吃订婚酒。订婚酒一完，芊就动身了。那个梦，芊让它实现了。不同的是，送芊出山的不仅仅是她父亲一个人，还有村长和二痴。二痴歪歪倒倒走在芊的旁边，芊忽然觉得他是自己身上一只沉重的翅膀。

芊在高中读了三年，三年的费用都是村长出。村长常去看她，也常说读了高中，就回去跟二痴结婚。芊每次都点头，但读完高中，芊却结不成婚了，芊考取了北京一所大学。芊告诉二痴，说她考取了大学，要去北京。二痴看着芊，说北京是什么地方。芊听了这话，久久地盯着二痴，芊这时候忽然想到，这个人不可能会成为自己的丈夫，自己的丈夫也绝不会是这样一个人。

芊随后读大学去了，她不再用村长的钱，她的学费、吃穿都是自己赚的。芊白天上课，晚上家教，寒暑假打工，日子紧紧张张却也应付了下来。芊不会要二痴，芊为此也不敢回去。芊不回去，父母和村长便不停地给她写信，父母在信中说村长逼得很紧，要她回去跟二痴结婚。村长在信中让芊不要忘恩负义，不要说话不当数。芊很少回信，芊不敢回，芊不知道怎么处理这事。

芊读大三时，她父母来了。父母说你这一去不回，我们的日子很不好过，村长天天逼我们、骂我们，村里人也指桑骂槐，说我们忘恩负义。父母又说你还是回去结婚吧，我们确实欠人家的，我们也确实对不起人家。芊就流泪了，芊说倘若我没有读过书，我或许会跟二痴结婚，但现在怎么可能呢，他一个半痴半傻的人，他连北京是什么地方都不懂，我怎么去跟他生活呢。芊这一哭，父母也动摇了，只好心事重重地回去了。

芊的父母走了不久，村长带着二痴也来了。二痴在校门口不敢进去，村长扇了他一个耳光，他才捂着脸怯怯地往里走。村长见了芊，让芊回去。芊怎么会回去呢，芊说她以后会还村长的钱。村长便不顾芊的脸面了，村长大吵大闹见人就说芊忘恩负义，还告了芊的状并赖在学校不走。学校就找芊谈话，说这事怎么不妥善处理好呢？芊说我没法处理呀，要么只有跟他结婚，可他是个半傻的人呀，他连北京是什么地方都不知道，这样的人，我怎么跟他生活呢。学校很同情芊，没对她处理，并把村长父子劝走了。

芊仍然在学校读书，但很久很久芊都平静不下来，多数人同情芊理解芊，但也有少数人不理解，他们认为芊不应该利用人家，不应该忘恩负义，不应该过河拆桥。芊常常在这些闲言碎语中抬不起头。

芊后来常常做一个梦，梦见一座山压着她，那座山就是芊以前天天砍柴的那座山。芊离开了那座山，而且很远很远，但有时芊又觉得那山其实离她很近很近。比如在梦里，山就压着她。

芊梦醒后常常泪水涟涟，她睁着眼睛不敢再睡，芊实在很怕自己被山压着。

玉 米

老头是市长的父亲，但在花园小区，没有一个人知道老头是市长的父亲。花园小区的住户，都是有身份或者说有钱的人，只有老头和他们格格不入。老头穿一件青布褂子，两只裤脚一只高一只低，脚上穿一双解放鞋。老头住进来好几天了，保安仍不认识他。有时候见老头从外面进来，保安总要大声说："你进来做什么？"

老头说："我住这里。"

保安说："你住这里？"

老头说："A区B栋503。"

保安不相信老头住这里，但老头说得那么具体，保安只好挥挥手，让老头进去。

小区里很多人看着老头进去，他们的脸色很不好看，等老头走远了，都说："我们这儿怎么会住进这样一个乡下老头呢？"

老头不管别人说什么，进进出出自在得很。有时候，他会笑一笑，看着小区里的住户或者说看着那些邻居打招呼。但老头自作多情，那些邻居面无表情，根本不睬他。老头也不恼，只笑着跟自己说："这城里人脸上怎么都像打了石膏一样？"

这后来的一天，老头闲不住了，老头自告奋勇在小区里扫地。小区本来请了清洁工，但那人懒，一天只在早上扫一次，其余时间便见不到他的人。那时候正是秋天，满地落叶，老头就拿一把扫把，提一只撮箕，扫地上的落叶。小区的人见老人满小区扫地，忽然就明白了，他们说："原来这老头是扫地的。"

小区有一个角落，大概有一亩地。这儿也栽了草，但因为偏僻，没人精心管理，草长得稀稀拉拉。有一天，老头在这儿侍弄起来。开始，小区的人不知老头做什么，以为老头在栽草。过了几天，看见老头把地全翻了，才知道老头要栽东西。保安当然不会坐视不管。保安有一天拿着警棍走过来了，他们凶着老头说："你在这儿做什么？"

老头说："看这块地闲着，想种些庄稼。"

保安就"咦"一声，大声凶着说："你以为这儿是你乡下呀？"

老头说："这地闲着不是浪费吗，种些庄稼多好？"

几个保安不再跟老头啰嗦了，推走他，一直往小区外面推。保安仍没把这个老头当小区里的人，所以往外推他。老头看看要把自己推出小区了，便大声凶着保安说："你推我去哪儿嘛，老子住这里呢！"

保安这才住手。

老头后来继续挖着那块地，保安也时常过来干涉，但并不奏效。老头倔得很，把他赶走了，他过了一会又来了。小区的人后来都知道老头要在那儿种庄稼，他们看着老头，总摇头，还说："典型的一个农民，走哪儿都忘不了种地。"老头随人家怎么说，把地挖好了，竟种上了玉米。老头应该是种田的好手，几个月过去，那块地的玉米竟青青翠翠好看得很。小区的人大多没看过玉米，有时候，他们会走过来，很有兴趣地欣赏着。

这天深夜，有一个贼翻墙进来，然后潜进一户人家想偷东西。正要偷时，被发现了。贼跳窗跑了出去，然后往玉米地里跑。刚好保安从玉米地边走过，保安当即把蹿进玉米地的贼捉住了。这个小偷一看就是个乡下人，保安打了他两警棍，然后让人去喊老头来。看见老头来了后，保安说："这个小偷一看就是一个乡下人，他是不是和你一起的？"

老头很生气，老头说："他是和你一起的差不多。"

保安说："我现在才知道你为什么要在这儿栽玉米，原来是为了你们偷东西好藏身。"

另一个保安甚至用警棍指着老头说："你们肯定是一伙的，一伙乡下人合伙在城里偷东西。"

老头暴怒起来，老头说："放你妈的狗屁，你他妈的才是贼！"

一个保安举着警棍打过来，还说："看你一副贼相，还嘴硬。"

这句话极大地伤害了老头，老头半晌说不出话来。后来老头说话了，老头说："我是贼相，好，我让你们知道我是不是贼相。"老头说着，从身上拿出一只手机来，十分小巧的手机，很精致。老头迅速拨了个号，然后说："你过来一下。"

毫无疑问，老头给他当市长的儿子打了一个电话。

大概十几分钟后，市长就坐着车来了，市长一见老头就喊道："爸，出什么事了？"

门口围满了人，有人认得市长，这人叫了起来："这不是李市长吗？"

一伙人鸦雀无声。

不一会，物业经理和开发商都来了。开发商一个劲地道歉，还跟老头说："我们立即把几个保安辞了。"

老头说："那倒不必，我只是想让他们知道，我不是一副贼相。"

这事过后，老头还是原来那个老头。老头每天拿着扫把撮箕出来扫地，见了人，仍然笑一笑。小区的人现在都知道老头是市长的父亲，见老头笑，也忙着回一个笑。

老头的玉米地还在，老头真是侍弄庄稼的能手。那片地，后来真结出了一棵又一棵玉米。把这些玉米收了后，老头竟一户一户地去敲人家的门。门开了，老头递过去几棵玉米，然后说："我栽的玉米，你们尝尝吧？"

小区所有的人都高兴地接过老头送来的玉米，在老头走开后，有人说道："难怪老头的儿子会当市长，原来老头人这么好。"

丢　失

父亲对女儿百般呵护。

女儿很小的时候，父亲总抱着她，有时候也背着或把她顶在头顶上。女儿会走路了，父亲总牵着她，带她去玩。女儿再大些，父亲便骑辆自行车带女儿到处转。和其他的父亲一样，父亲也会趴在地上，让女儿把他当马骑。父亲也会给女儿讲故事，甚至讲一些吓人的故事，吓得女儿直往他怀里钻。他们家里穷，但女儿要什么，父亲都能满足女儿。有一次，女儿要买一种色子糖。那时候父亲身上只有一块钱，这是父亲去上班坐公交车的钱，但父亲还是把那一块钱全买了糖给女儿。而父亲，这天只有走着去上班了，有十多里，父亲一去一回，足足走了三个小时。

在女儿小时候，父亲最担心女儿会丢失，父亲去上班或去外面办事，总会反复交代女儿，跟女儿说："你莫出去，出去会丢失。"

女儿说："我不出去。"

但父亲还是不放心，有时候好好地上着班，还是会偷偷地跑回来，看女儿。但父亲再用心，女儿还是丢失过一次。那一次父亲不在家，女儿走了出去，到晚上都没回来。父亲这天急疯了，到处找。后来，父亲终于在街上找到坐在路边嘤嘤哭着的女儿，父亲一把抱着女儿，然后跟女儿说："叫你不要乱走，乱走就会丢失。"

女儿说："我不乱走了。"

女儿有一个外婆，住在城外一条河边，女儿七八岁和十来岁的时候，会一个人去外婆家玩。父亲见女儿要去外婆家，总跟她说："不要到河边去。"

女儿说："我不去河边。"

但父亲仍不放心，他在女儿去了外婆家后，也经常去看女儿，见女儿不在河边，他才放心。

在父亲这样百般呵护下，女儿大了。

女儿大学毕业找工作时，父亲花的心思最多，工作难找，父亲整天在外面找人。有那么十几天，做父亲的，根本就睡不着觉，总在床上翻来覆去。后来，在父亲的努力下，女儿终于和一家重点中学签约了。到这时，父亲一颗悬着的心才放下来了，睡了一个好觉。

但让父亲怎么也没有料到，女儿工作才三个月，就不做了，要辞职去另一座叫郑州的城市。

女儿找了一个对象，在郑州工作，女儿辞职，就是要去郑州她对象身边。父亲听了女儿的决定，好几天没表态。就这么几天，父亲好像一下子老了，头上，多了好些白发。

几天后，父亲终于表态了，父亲同意女儿去郑州。但父亲很不舍得，他反复跟女儿说："你去追求的，是你的爱情和幸福，我们不能拦你。但我和你母亲舍不得你去，千般不舍，万般不舍。"

说着，父亲眼里湿湿地潮了。

女儿走了，父亲当然会挂念女儿。挂着女儿时，父亲会给女儿打电话。开始几次，女儿还会跟父亲说一些话。但多打了几次电话，女儿就有一些不耐烦了。一次父亲打电话过去，父亲才喂一声，就听到女儿说："有事吗？"

父亲没事，他只是挂念女儿，女儿问他有事吗，父亲什么也说不出来。

又一次打电话过去，女儿说："我正忙呢。"

还有一次打电话，女儿竟然说："你怎么老打电话呀，我哪有时间接你的电话！"

　　这年中秋节，女儿给父亲寄了二百块钱。父亲接到钱后又给女儿打了电话，父亲告诉女儿钱收到了，但女儿却说："收到钱就用吧，老打电话，不浪费呀。"父亲这回看着电话，怔怔地。

　　后来，父亲许久都没给女儿打电话，而女儿也没打电话给父亲，做女儿的，似乎把父亲忘了。

　　这一天，父亲一个人上街。在街上，父亲看到一个女孩挽着一个男人走在一起。是个老男人，从他们的长相看，父亲明白他们是一对父女。这对父女一路走着，说着，还不时地笑着。父亲很羡慕他们，便跟着他们，呆呆地在后面跟着。跟久了，女孩就发现有个人跟着她，女孩后来回过头来，看着父亲说："你好像在跟着我们？"

　　父亲开始不知怎么回答，想了想，父亲说："我也有个女儿。"

　　那男人也开口了，他说："你女儿是不是跟我女儿一样？"

　　父亲摇摇头，父亲说："不，我女儿丢了。"

　　女孩就说："去找呀，把你女儿找回来。"

　　父亲又摇头，父亲说："找不回来了。"

　　说着，父亲泪如泉涌。

金灿灿的金银花

我喊麦子叫姐姐。

麦子姐姐不是我们村里人,她住在小杨村,离我们村有二三里远。麦子姐姐会做酒药,用她做的酒药酿的酒,又香又甜,酒酿多,酒糟也不会糙。那段时间,只要一提到麦子姐姐,一股酒香就甜蜜在我心里。

开始我并不认识麦子姐姐,一天我大人要酿酒,牵了我去麦子姐姐那里买酒药。那是一条小路,两边都是菜园,菜园上爬满了金银花。正是夏天,金银花开了,黄白相间的金银花不是很起眼,但远远看去,也是金灿灿一片,十分好看。

麦子姐姐屋边开满了金银花,那天我见着她时,她穿一件黄衬衫,麦子姐姐脸白白的,乍看去,麦子姐姐也像一朵金银花。

两天后,用麦子姐姐的酒药酿的酒出来了。我还记得当时的情形,我大人把窝酒的盖子一揭,全村都浸在酒香里。左右邻居闻到了,都说小芳娘又酿了酒呀。我大人一脸高兴,谁问了都说来尝尝吧。真有人来尝,尝过后都说是麦子的酒药吧。我大人不停地点头。我随后也尝了,可以说,那是我吃过的最香最甜的酒。

这以后不久,我大人又要酿酒。这回,她没去麦子姐姐那儿。她大声喊了我一句,跟我说去麦子姐姐那里买三个酒药来。说着,给了我五角钱。我捏了钱,兴冲冲往麦子姐姐那儿去。还是夏天,金灿灿的金银花还开着，在一路花香中，我仿佛又喝到那又香又甜的酒了，我有些醉了。

到了麦子姐姐那儿，我大声喊起来，我说麦子姐姐，我妈妈让我来买酒药，说着把钱递给麦子姐姐。麦子姐姐把钱接过，用纸包了三个酒药给我，还说拿好呀，不要掉了。我应一声，捏着酒药跑走了。

有了这酒药，我们一个村又要浸在酒香里。

后来不仅我大人酿酒让我去麦子姐姐那里买酒药，村里其他人要酿酒，也让我去买，于是我总是拿了钱往麦子姐姐那儿去。金银花还开着，在这条花香满径的小路上，我快乐着。

麦子姐姐也会到我们村里来。我们村里有个三婆，无儿无女，她非常喜欢吃甜酒。我们村里谁酿了酒，都会送一些给她。麦子姐姐也会专门来给她酿酒。麦子姐姐来时，村里很多人都会过来跟她打招呼，还拉麦子姐姐去他们家里吃饭。看得出，大家都很喜欢麦子姐姐。麦子姐姐不但会酿酒，还会做裁缝，三婆身上的衣裳，都是麦子姐姐做的。麦子姐姐对三婆这么好，我以为她是三婆家什么亲戚。一回问了问大人，大人告诉我三婆不是麦子的亲戚。我就说她们不是亲戚，麦子姐姐为什么对三婆那么好。大人说麦子对谁都好。这话是真的，一回去麦子家里买酒药，麦子姐姐见我身上的衣服烂了，便让我脱下衣服，帮我补。

一天我又去麦子姐姐那里买酒药，这回拿了酒药，我没走。我看着麦子姐姐问起来，我说：麦子姐姐，你的酒药是用什么做的呀？

麦子姐姐笑起我来，她说：小芳你还想学我的技术呀？

我急忙摇头，麦子姐姐在我摇头时告诉我，她说：用金银花做的。

我说：难怪你这儿栽了这么多金银花。

这年秋天，金银花没有了，可麦子姐姐的酒药还有，用麦子姐姐的酒药酿的酒，还是又香又甜。我有些不解，一天看着麦子姐姐问道：现在没有了金银花，麦子姐姐你怎么还做得出酒药呢？

麦子姐姐又笑了，她说：我会变呀。

也就是这天，在回家的路上，我把麦子姐姐给我的酒药丢了。我当然找了，在那条路上走来走去，但我始终没找到。那时候我很害怕，不敢回家，总想找什么方法过关。后来，就找到了，麦子姐姐村里有一个人做馒头包子卖，我以前会去他那里偷湿面粉玩。这天，我又去偷了一点点湿面粉来，然后揉成小团团，晒干后给了我大人。

这回，酒肯定没酿出来，当大人把窝酒的盖揭开时，一股酸臭味扑面而来。大人觉得很奇怪，"咦"了一声，还说这什么酒药，然后皱紧了眉。

不过，大人没去找麦子姐姐，她把酒倒了，再没提这事。

我后来如法炮制，村里不管谁让我去麦子姐姐那里买酒药，我都把钱贪污下来，然后去那个做馒头的小店里偷湿面粉，揉成团晒干后给他们。结果可想而知，没有谁酿得出酒来。村里人心很软，开始都没去找麦子姐姐，只说她做的酒药怎么没用了。后来有一天，一个人忍不住了，这人抱了酿酒的罐子去找麦子姐姐，问她酒药怎么做的。我当时跟在后面，我看见麦子姐姐满面通红，跟那人说是不是我配方搞错了，我以后小心。没人怀疑我，过后照例让我去麦子姐姐那儿买酒药。我小时候一定是个无可救药的人，我仍那样做，于是我们村里整天弥漫着一股酸臭味。一个人一天又抱了酿酒的罐子去找麦子姐姐，见了，脸色很不好看地说：你做的酒药怎么总酿不出酒来？

麦子姐姐就流泪了，她说我也不知道什么原因，我帮你再酿一次试试吧。随后，麦子姐姐就在我们村里帮那人酿酒，还帮了另外两户人家里酿。结果肯定不同，出酒那天，满村都飘散着浓浓的酒香。

随后，麦子姐姐裹着酒香来找我了，见了我，她狠狠地瞪了我一眼。我知道麦子姐姐察觉了，我生怕她说出来，吓得浑身哆嗦。

但麦子姐姐没说。

几天后，我一个人在外面玩，麦子姐姐走了过来。她还那样瞪着我，同时很严厉地看着我说：小芳你给了人家什么？

我忽地吓哭了。

见我哭了，麦子姐姐忽地不好意思起来，好像犯错的不是我而是她，她拍着我的背说：小芳别哭，是姐姐不好。

麦子姐姐这样说，我都不好意思哭了。

这事就这样过去了，没人知道我这件事。一天村里一个人要酿酒，仍让我去麦子姐姐那儿买酒药。捏着钱，我竟不敢去找麦子姐姐。犹豫了许久，我还是去了。把买酒药的事一说，我以为麦子姐姐会自己把酒药送去，但她没有。麦子姐姐像没那回事一样，包了酒药给我。我捏着酒药出门时，忽然看着麦子姐姐说：你就这么相信我，不怕我再换了吗?

麦子姐姐笑着说：我相信你，你不会再做那样的傻事。

我又流泪了。

那时候又是夏天了，路两边的金银花又开了，泪眼朦胧中，那些金银花闪闪发着亮，真的是金光灿灿了。

金灿灿的金银花哟，你会在我眼里灿烂一辈子。

孩子与气球

一

女孩心情很不好。

女孩买了一根项链,细细的铂金项链,但检测的结果是,这是一根假的铂金项链。还有,一个人口口声声说爱女孩,但有一天,女孩却发现这个人拉着别的女人。刚才,女孩又被她上班的公司解雇了,理由是女孩能力不行。但真正的情况是,公司老板对女孩有非分之想并动手动脚,女孩不从,便被老板炒了鱿鱼。以上三件事,让女孩觉得这个社会堕落了,人人都在欺骗讹诈。这样一个社会,让女孩觉得没有希望了。

现在,女孩骑着车子出门了,她毫无目的,只是无事可做,才骑辆车子在街上乱窜。

二

一个孩子出现在女孩前面。

孩子看见街对面有一个人卖气球,五颜六色的气球飘在天空,十分好看。孩子想要,便向大人讨了一块钱,然后屁颠屁颠往街对面跑去。但孩子跑急了,突然跌倒了。女孩的车子在孩子跌倒时骑了过来,但女孩没压到孩子,女孩在车子刚要挨到孩子时把车刹住了。

但孩子的大人不这样认为。

孩子的大人看见孩子倒在女孩的车子跟前，便大呼小叫起来，说女孩撞了她的孩子。女孩分辩，说她没有撞着孩子。但孩子的大人根本不信，孩子的大人凶着女孩说："我明明看见你撞了，我孩子都倒在你车子跟前，你还说没撞！"

孩子这时开口了，孩子说："阿姨没撞到我，是我自己摔跤。"

大人根本不相信孩子，大人拉住了女孩的车子，不让女孩走，还让女孩带孩子去医院检查。

孩子不愿去医院，孩子仍说："阿姨没撞到我，是我自己摔跤。"

大人便凶着孩子说："你一个小孩子懂什么，你听大人的。"

女孩没法，只好跟孩子大人一道，带孩子去医院。

三

但半路上，孩子走失了。

本来，孩子是坐在女孩车上的，但后来孩子喊着叫着要下来。孩子的大人依了孩子，抱了孩子下来。孩子下来后东奔西跑，有一个地方人多，孩子便跟大人和女孩走散了。

孩子走散后，孩子的大人和女孩到处去找孩子，开始两个人一起找，后来分头去找。

女孩先找到了孩子。

女孩见到孩子时，孩子手里牵着一个气球，孩子刚买的，是一个红气球，飘在孩子头顶上。

女孩过去一把拉住孩子，还说："你怎么乱跑呀？"

孩子立即认出了女孩，孩子说："我是故意的，我不愿意去医院。"

女孩没再说什么，只紧紧地牵着孩子。

送孩子回家的路上，女孩也一直没说话，女孩皱着眉头，不高兴的样子。孩子看出了女孩不高兴，孩子跟女孩说："阿姨，你不高兴吗？"

女孩点点头。

孩子说："阿姨，你不要不高兴好吗，我送气球给你。"

孩子说着，把气球递给了女孩。

女孩木木地牵着气球，后来，女孩一不留神，绳子脱手了。这是个会飞的气球，绳子一脱手，气球便往天上飞。女孩看着气球飞了，觉得很对不起孩子，女孩说："阿姨再给你买。"

孩子看着气球飞了，没生气，反而笑了，孩子说："我幼儿园的老师说了，放飞一个气球，就是放飞一个希望，阿姨，你放飞了一个什么希望呀。"

女孩看着气球，又看看孩子，女孩说："我希望所有的人都像你一样。"

孩子听不大懂，但孩子还是点了点头。

很快，女孩牵着孩子回家了。

孩子的大人见了女孩，有些不好意思，她说："错怪你了。"

女孩说："不要紧。"

孩子的大人又说："谢谢你。"

女孩说："不要谢。"

四

从孩子家里出来，女孩也看见街上有人买气球。

女孩也买了一个。

女孩把这个气球挂在了屋里。

谁都明白，女孩挂起的，是一个希望。

拾稻穗的小男孩

小尹住在一幢矮屋里,那地方离乡下很近,过一座小桥,就是大片的农田。很多有钱人,喜欢这样的地方,他们在这儿建起一幢又一幢房子。小尹的大人,把这些房子叫做别墅。很多时候,大人都牵着小尹,去看那些别墅。在一幢又一幢别墅前走过时,大人总跟小尹说:"你大了好好读书,读了书赚大钱,也住这样的别墅。"

小尹对大人的话毫无反应,小尹不喜欢跟大人到这儿来。那些别墅差不多是一样的,小尹不知道他在哪儿,小尹总有迷路的感觉。倒是桥那边的乡下,小尹喜欢去。小尹总是站在桥上,往乡下看,小尹觉得乡下好玩。小尹看了一会,就过了桥,往乡下去。但这时大人总会喊起来,大人说:"小尹,你回来——"

小尹听了喊,走回来。

但有一天,小尹听了喊,也不回来,仍往前走。大人见了,就过来拉着小尹,大人说:"莫去乡下,去乡下会迷路。"

小尹说:"我认得回家的路,不会迷路。"

大人说:"走远了就会迷路,迷了路,你就做乡下人了。"

大人这话是说着吓小尹的,就像说狼来了一样。但小尹不会吓着,小尹说:"我就做乡下人。"

大人听了,就打了小尹一巴掌,然后拉小尹回家了。

有一天，小尹又到桥上去了。这天大人不在家里，小尹在桥上站了一会，走下桥了。走了一会，小尹看见田里有一个孩子。这是一个跟小尹差不多大的孩子，小尹看了看她，问着孩子说："你在这儿做什么呀？"

孩子说："拾稻穗。"

小尹也想跟孩子一起拾稻穗，小尹说："我跟你一起拾稻穗吧？"

孩子点点头，同意了。

小尹于是跟孩子一起，在田里拾稻穗。那孩子的大人，在不远的地方割禾，孩子去那儿拿了一只篮子，让小尹提着。于是两个孩子各提一只篮子，在田里拾着稻穗。那是大热天，小尹身上只穿了一件小背心。很快，小尹身上晒红了。那孩子见了，就把大人脱下的一件褂子拿来，让小尹穿上。

那是一件衬衫，很旧了，还打着补丁，小尹穿上它，像个乡下孩子了。

小尹的大人回来没见着孩子，便到处找。大人先去了那些别墅区找，走过一幢别墅，大人便喊一句："小尹，你在哪儿？"又走过一幢别墅，也喊一句："小尹，你在哪儿？"小尹不在这里，当然没人回答他。后来，小尹的大人还问起来，大人见了一个人，就说："你见到一个孩子吗？他叫小尹。"又见一个人，也说："你见到一个孩子吗？他叫小尹。"这里没人见到小尹，都摇头。后来，大人就走过那座小桥，到乡下了。在这儿，大人仍喊："小尹，你在哪儿？"

那个孩子，看到一个大人在找孩子，也听到大人叫，那孩子于是跟小尹说："一个大人在喊人，是喊你吧？"

小尹点点头。

孩子说："你快应声呀？"

小尹说："我不应，应了，我就不能跟你一起拾稻穗了。"

大人没看到小尹，他仍找着，一声一声喊道："小尹，你在哪儿呢？"

后来大人就走近小尹和那个孩子了，大人于是问着他们说："见一个孩子吗，跟你们一样大的孩子？"

小尹知道大人没认出他来，小尹想笑，但忍住了，只摇了摇头。

那孩子也摇了摇头。

大人走开了，仍叫："小尹，你在哪儿呢？"

又叫了一会，大人仍没见到小尹。大人就发起急来，大人这时走累了，大人坐在路边，但仍喊着，声音里带着哭腔地叫着："小尹，你在哪儿呀？"

小尹看见大人都要哭了，便往大人跟前去。到了，小尹喊了一句："妈妈——"

大人听见有人叫她，也看见一个穿一件破烂衣裳的孩子站在跟前，大人于是看看那个孩子说："你是谁？"

小尹说："我是小尹。"

卖　瓜

女孩读了小学，大人就不让她读了。女孩吵着要读，大人就凶着女孩说："一个乡下女孩，要读那么多书做什么，认得几个字，就够了。"

女孩呜呜地哭了。

但哭也没用，大人就是不让女孩读。大人每天下地干活，把女孩也带了去，大人跟女孩说："我们乡下人，会做农活就够了，读那么多书有什么用？"

女孩默不作声。

这天，大人拉了一车瓜，去城里卖。女孩没读书了，当然跟了大人去城里卖瓜。满满的一车瓜，大人拉着，女孩推。她们动身早，到了街上，还有学生背了书包去上学。女孩见了背书包的学生，就怔怔地看着，还跟大人说："我要读书。"大人又凶着女孩说："跟你说了多少遍了，读书没有用。"

到了街上，就有一个人来买瓜。这人戴一副眼镜，斯斯文文像个读书人。这人走近女孩的瓜摊说："西瓜几多钱一斤？"

女孩没作声，但大人作声了，大人说："五角一斤。"

戴眼镜的人讨价还价说："四角五卖不卖？"

大人说："不卖。"

戴眼镜的人就走了。

但过了一会，戴眼镜的人又回来了，戴眼镜的人说："四角六卖不卖？"

大人说："你真要，算四角八吧？"

戴眼镜的人摇头，戴眼镜的人说："四角六我才买。"

大人也摇头说："不卖。"

戴眼镜的人又走了。

但也是过了一会，戴眼镜的人又回来了，戴眼镜的人说："我再问你一遍，四角六卖不卖？"

大人很干脆，大人说："不卖。"

戴眼镜的人又走了。

大人在戴眼镜的人走了后，看着女孩说："看到吧，这就是读书人。"

大人又说："书读多了就是小气，为了一分钱，来来去去他已经走了三四趟了。"

大人还说："你如果读多了书，以后也会这样。"

说着话时，戴眼镜的人又回来了，戴眼镜的人说："再加一分，四角七，卖不卖？"

大人仍说："不卖。"

戴眼镜的人就看着大人说："老人家卖了吧，不就是一分钱吗？"

大人听戴眼镜的人喊他老人家，很不高兴了，大人说："什么？你喊我老人家，我四十岁还不到呢！"

戴眼镜的就很惊讶了，戴眼镜的人说："你还不到四十岁，不可能吧？"

女孩这时插话了，女孩说："我妈妈明年才四十岁。"

戴眼镜的人就摇头，很有感触地说："农村真是辛苦，四十岁不到的人，就这样老。"说着，戴眼镜的人看着女孩，问她说："读了书吗？"

女孩想说大人不让她读书，但大人立即把话接了过去，大人说："读了又怎样没读又怎样？"

　　戴眼镜的人没看大人，只看着女孩，戴眼镜的人说："如果你不读书，你妈妈就是你的未来，四十岁不到，就这样老。"

　　女孩听了，呜一声哭起来，女孩说："我要读书。"

流浪狗

孩子很小的时候还见过妈妈，但后来妈妈走了，不见了。孩子在妈妈走了后总是问着爸爸，孩子说："爸爸，妈妈呢，妈妈怎么不见了？"

孩子的爸爸一般不作声，但有一天，孩子的爸爸开口了，爸爸说："明天爸爸跟你找个妈妈来。"

有一天，孩子的爸爸就带了个女人回来。孩子的爸爸让孩子喊女人妈妈。孩子一眼就看出女人不是妈妈，孩子没叫。这是个一脸凶相的女人，孩子不喜欢她，还有点怕她。但女人怀里抱着一只狗，一只毛茸茸的小白狗。孩子一眼就喜欢上了这只狗，孩子在女人把狗放下后伸了伸手，想摸摸狗。但女人立即凶一声过来，女人说："别碰它。"

孩子就不敢碰狗了，但还是很喜欢地看着狗。

女人对狗很好，不但给狗喝牛奶，吃肉，还买了很多包装精美的狗食给狗吃。不仅给狗吃好的，还给狗洗澡，用很香很香的洗发露给狗洗澡。洗好了，还用电吹风给狗吹，比服侍人还小心。但女人对孩子一点都不好，女人不怎么管他。孩子吃不吃饭，女人从来不管。孩子洗不洗澡，换不换衣服，女人也不管。女人还经常牵着狗出去遛，但女人从不带孩子出去。孩子的爸爸当然看出女人对孩子不好，有一天孩子的爸爸就跟女人说："你对狗怎么比对我们的孩子还好？"

女人说："说清楚一点，那是你的孩子，不是我们的孩子。"

孩子的爸爸说:"不一样吗?"

女人说:"会一样吗?我一进门就做后妈。"

孩子的爸爸说:"我不是告诉了你,我有个孩子吗?"

女人说:"你什么时候告诉我的,把我哄进了门,才告诉我你有孩子。"

女人这样说,孩子的爸爸就不作声了。

女人随后出去了,这回,女人没牵狗出去,女人凶凶地跟孩子说:"帮我把狗看好,不要让它出去。"

孩子点点头。

但孩子没把狗看好,女人不在了,孩子可以跟狗玩了。但后来,孩子一不留心,那狗就从开着的门里蹿了出去。孩子当然出门去追,但那狗跑得很快,孩子跑不过它。不一会,那狗就跑得不见影子了。

女人回来听说狗不见了,立即发起火来,女人伸手就打了孩子两个耳光,然后说:"叫你把狗看好,你怎么还把狗弄丢了?"

女人还说:"还不快去外面找。"

孩子就出门找狗去了。

孩子这天一直在外面找狗,他在外面看见很多狗。那些狗都是一些无家可归的狗,浑身邋遢,有些狗身上还伤痕累累。孩子知道这些狗不是自己家的狗,他很想找到自己家的狗,但找了很久很久,孩子就是没找到那只狗。

后来,孩子在垃圾坑里看见一只狗,那狗匍在垃圾里晒太阳。孩子觉得这只狗很像自己家的狗,这也是一只白色的小狗,毛茸茸的,跟自己家里的狗一样,脖子上也系着一根细细的链子。不同的是,这只狗很脏,浑身脏兮兮的。孩子在垃圾坑跟前站了很久,越看,越觉得这是自己的狗。狗身上那样邋遢,孩子想是狗出来后弄脏的。这样想,孩子就过去拉住了狗脖子上的链子,然后把狗往家里牵。

到家了,孩子牵着狗要进去,还跟女人说:"我找到狗了。"

女人看了看狗,立即掩住鼻子,女人凶着孩子说:"哪里弄来的流浪狗，臭死了，赶快牵走！"

　　说着，女人又打了孩子两个耳光，还把孩子往外推，女人说："再去找，找不到那只狗你也别回来。"

　　孩子又出门了。

　　但孩子仍没找到那只狗，孩子牵着那只脏兮兮的流浪狗，在外面到处走，找自己家里那只狗，但孩子没找到。后来天黑了，孩子又冷又饿，孩子想回家，但孩子没找到那只狗，孩子不敢回去。

　　再后来，孩子就迷路了，孩子不知道家在哪里，孩子呜呜地哭着，仍跟着那只流浪狗，到处走。

　　孩子觉得自己也是一只流浪狗。

老　人

　　有一天，平跟了大人去镇上。镇上只有一条街，窄窄的，铺着青石板。青石板到处是深深浅浅的沟糟，那是岁月留下的痕迹。平当然不会这么想，平还是个孩子，平走在深深浅浅的青石板上，一会儿跑一会儿跳。

　　后来，平就看见一个老人，老人呆呆地坐在街边。老人的额头也像青石板一样都是沟沟。平停下来，歪着头看着老人，还伸手在自己额头上摸着。

　　平的额头平平的。

　　老人看见平歪着头看他，便看着平笑了笑。平也笑，还喊了一声："爷爷。"

　　老人哎一声，老人说："乖，这孩子真乖。"

　　平又去镇上，还看见了老人，老人仍坐在街边。

　　平又走近老人，喊道："爷爷。"

　　老人仍说："乖，这孩子真乖。"

　　平再去镇上，还是看见了老人。平现在大了些，会自己从村里走到镇上去。在街边，老人还坐着。平走过去，跟老人说："爷爷，我总看见你坐在这里。"

　　老人说："人老了，走不动了，就喜欢坐。"

　　平经常去镇里，平一去镇里，就看见老人。老人仍坐在街边，平看见老人，就会走去，喊一声："爷爷。"

好久好久，老人从来都那样坐在街边。

有一天平又喊了老人一声，喊过后，平问着老人说："爷爷，你怎么一直坐在这里呀？"

老人意外的样子，老人说："我总坐在这里吗，没有呀。"

平说："你总坐在这里，我每次到这里来，都看见你。"

老人还是很意外，老人说："我刚刚在这儿坐下呀，你怎么说我一直坐在这儿呢？"

轮到平很意外了。

平还会到镇上去，平总是看见老人坐在街边，平也总是走近老人，喊道："爷爷。"

这后来的一天，平又去了镇上，但平没在街边看见老人。平不相信老人不在了，平在街上来来去去地走着，找老人，但平始终没找到老人。走久了，平就累了，平在街边坐了下来。

一个孩子，在平坐下后走了来，孩子在深深浅浅的青石板上跑着跳着。后来，孩子就看见平了，孩子歪着头看平，还伸手在额头上摸着。

平见了，一双手也伸到了额头。

平摸到一脸的沟沟。

这时，孩子喊了平一声，孩子说："爷爷。"

平说："你叫我？"

孩子说；"叫你。"

平忽然明白了，那个老人，是自己。

往　事

　　一个女人，静静地待在河边。一河碧水，缓缓地流去，无声无息。河边是青青的草滩，有蝴蝶、蜻蜓翩跹着来，又翩跹着去。一个七八岁的女孩，头上扎一朵蝴蝶花，女孩在河滩上跑着，捉蝴蝶。女孩翩跹的样子，也像一只蝴蝶。
　　看着女孩，女人唱了起来：
　　如梦如烟的往事
　　散发着芬芳
　　那门前可爱的小河流
　　依然轻唱老歌
　　小河流我愿待在你身旁
　　听你唱永恒的歌声
　　让我在回忆中寻找往日
　　那戴着蝴蝶花的小女孩……
　　女孩在女人唱着时走了过来，女孩眨眨眼，问起女人来，女孩说："阿姨，你在这里做什么呀？"
　　女人说："唱歌。"
　　女孩说："唱什么歌呀？"
　　女人说："《往事》。"

女孩说:"往事是什么呀?"

女人说:"往事就是你呀。"

女孩听不懂,女孩又眨眨眼,跑走了。

女孩仍在河滩上跑着,女孩翩跹的样子,也像一只蝴蝶。和女孩一起翩跹的,还有时光,它也翩跹着跑走了。等有一天,女孩又来到河边时,女孩发现她的岁月像流水一样缓缓地流去,无声无息,女孩也在这无声无息中变成了女人。

女人也静静地待在河边,河边是青青的草滩,有蝴蝶、蜻蜓翩跹着来,又翩跹着去。一个七八岁的女孩,头上扎一朵蝴蝶花。女孩在河滩上跑着,捉蝴蝶。女孩翩跹的样子,也像一只蝴蝶。

看着女孩,女人唱了起来:

如梦如烟的往事

散发着芬芳

那门前可爱的小河流

依然轻唱老歌

小河流我愿待在你身旁

听你唱永恒的歌声

让我在回忆中寻找往日

那戴着蝴蝶花的小女孩……

女孩在女人唱着时走了过来,女孩眨眨眼,问起女人来,女孩说:"阿姨,

你在这里做什么呀?"

女人说:"唱歌。"

女孩说:"唱什么歌呀?"

女人说:"《往事》。"

女孩说:"往事是什么呀?"

女人说:"往事就是你呀。"

女孩听不懂，女孩又眨眨眼，跑走了。

女孩仍在河滩上跑着，女孩翩跹的样子，也像一只蝴蝶。和女孩一起翩跹的，还有时光，它一样会把女孩的今天翩跹成往事。

黑蝴蝶

那时候儿子依偎他的怀抱里,有蝴蝶飞过来,是黑色的,很大。儿子从他怀抱里挣脱出来,歪歪地跑着去捉。蝴蝶没捉到,倒是他跑过去把儿子捉到了。他说:"莫捉蝴蝶。"

儿子仰着头,问他:"为什么?"

"蝴蝶是人死了之后变的。"

儿子说:"人死了都变蝴蝶吗?"

他说:"都变蝴蝶。"

"爸爸以后也变蝴蝶吗?"

"莫乱说。"

儿子仍要去捉蝴蝶,他把儿子的一双手捉牢来。这儿蝴蝶蛮多,在他们头顶上翩翩起舞。儿子于是抬着头转来转去,大喊=:"这么多人都变了蝴蝶呀!"

他把儿子捉回了家去。

这以后他不大和儿子在一起了。他在外面交了个相好,很漂亮的一个女孩。女孩喜欢他,天天和他在一起,有一回女孩对他说:"我们结婚吧。"

他说:"我舍不得儿子。"

女孩说:"以后我给你生就是。"

他发半晌呆，然后点了一下头。

于是就先跟妻子办离婚，办了离婚再收拾东西往外走，儿子拉着他的手，问："爸爸，你去哪儿？"

他扯了个谎，说："出远门。"

儿子说："爸爸以后不要我了？"

他不好作声。

这时候有一只蝴蝶飞来了。黑色的，很大。他看见儿子盯着它，一动不动。

黑蝴蝶晃来晃去飞走了。

他也走了。

以后他便见不着儿子了，他很想儿子，在他想儿子的时候他的新婚妻子便拍着肚皮对他说："莫慌嘛，我帮你生。"

他想只好这样。

于是就等，等妻子肚子隆起来。可是等呀等，等呀等，妻子并没有给他生儿子。

他便越发地把儿子想得慌。

有一回再也忍耐不住，便瞒着妻子去看儿子。但好些年不见，他不晓得儿子搬哪儿住去了。

很费劲打听才找到。

找到那屋时他看见了一个孩子，孩子很高了，已无昔日的稚气。他盯着看，有些不敢认，但直觉使他相信他就是他自己的儿子。于是他对孩子说："你认识我吗？"

孩子摇摇头。

他叫孩子认真看看他。

孩子认真看了后说："我不认识你。"

他说："我是你爸爸呀！"

孩子说："你不是我爸爸。"

他说："是你爸爸，我是你爸爸。"

孩子说："不是，你不是我爸爸。"

他固执地说："我就是你爸爸。"

孩子不再和他争，跑进屋里拿了一个小木盒出来。孩子把小木盒递给他，孩子说："我爸爸在这里边。"

他把小木盒打开来。

打开小木盒他眼泪就流了出来。

他看见小木盒里有一只蝴蝶。

是只黑蝴蝶。很大。

一　生

他早上出来挑水的时候还是个孩子。

那时刻天还没亮,他把水桶放进水里,等他提起水桶的时候,一个鲜亮的太阳也被他提了出来。

然后他把水桶担在肩上让它晃悠悠。

没走几步他歇了一肩。

有霞霭在阳光里弥漫开来,他看见家在很远很远的地方。

于是他轻轻地叹一口气,这么遥远,他不知要走到哪年哪月。

果然,当他只走了一半的时候他已变成一个汉子了。

这时候太阳在他头顶上。

他又歇下来,然后回身看了看,他忽然发现自己没走几步路;并就在不远的地方,很明亮的阳光照着它,他把一切看得一清二楚。

于是他重重叹了口气,这么近,他不知道为什么走了半辈子。

他继续挑起了担子。

家就在前面,也是很明亮的阳光照着那儿。

他觉得家似乎不那么遥远了。

他还觉得肩上的担子也轻了些。于是他迈大步走起来,他想快些把这些路走完。

可惜当他走到家门口的时候他已经是一个老头了。

他再歇下来。

太阳还在他的水桶里。

有暮霭弥漫开来,到处开始迷迷蒙蒙了;他再向井那儿看去,朦朦胧胧中他觉得那井似乎在很远的地方又似乎在不是太远的地方。

于是他重重地叹了一口气。

他不晓得这段路到底多远,居然让他走了一辈子。

他也不晓得肩上的担子到底有多重,但他晓得自己被它压了一辈子。

他重新挑起担子。

要进屋子,门槛很高,他脚抬不起来,于是绊在门槛上。

他被绊倒了。

担子从他肩上滑下。

水泼了出来,流了一地。

于是水桶里的那个太阳也泼落在地上。

太阳破碎了。

太阳破碎了,天就黑了。

挨　打

　　秀才认识一个叫贾汉的人，是在一次饭局上认识的。秀才跟了朋友去吃饭，那贾汉也跟了朋友来。这贾汉五大三粗，说话大声大气，很豪爽的样子。贾汉说很高兴认识秀才，又说他红道黑道白道都认识一些人，秀才以后有什么事，尽可打他的电话，他一定摆平。秀才是个读书人，文质彬彬的样子，他朋友圈中，多半也是一些文弱书生，很少有像贾汉这样豪爽的人，贾汉给秀才一种完全有别于其他人的感觉。

　　秀才后来果然就打了贾汉的电话，当然，秀才不是叫贾汉来摆平什么事，秀才只是觉得他应该交贾汉这样一个朋友。秀才这天请朋友吃饭，于是打了贾汉的电话。贾汉很给面子，很快来了。和上次一样，贾汉还是大声大气地说话，很豪爽的样子。贾汉说他很乐意和秀才这样的读书人交朋友，又说他红道黑道白道都认识一些人，秀才以后有什么事，尽可打他的电话，他一定摆平。秀才很欣赏贾汉豪爽的气概，连敬了贾汉好几杯酒。

　　这次以后，秀才和贾汉再没见面，但打过好几次电话。秀才给贾汉打过电话，贾汉也给秀才打过电话。在电话里，贾汉仍说："哥们，有什么事打我电话呀，我红道黑道白道都认识一些人，有什么事，尽可打我的电话，我一定摆平。"

　　秀才说："会的，有什么事我一定打你电话。"

　　这后来的一天，秀才真打了贾汉的电话。

秀才这天看见街上有人打架，三个人打一个人。那个人显然打三个人不赢，已被三个人打得很惨，鼻青脸肿，身上还流着血。边上有人围着看，但无动于衷没人去劝。秀才没有无动于衷，秀才过去大喝一声说："你们三个人打一个人，像话吗？"

三个人就打量着秀才，打量了一会，一个人过来打了秀才一个巴掌，然后凶着说："你活得不耐烦了，敢管我们的事！"

秀才没想到三个人会打他，秀才说："你们怎么打人？"

三个人中的一个说："打你怎么样？"

说着，一个人又打了秀才一个巴掌。

秀才脸上就火辣辣的，秀才很想跟他们动手，边上围着看的人也是这么想的，有人就跟秀才说："跟他们打，打呀。"

也有人说："打不赢就打电话找人。"

这句话提醒了秀才，他确实打不赢，但他觉得可以叫人。一想到叫人，他就想到了贾汉，他觉得该是打电话叫贾汉来摆平这事的时候了。这样想着，他拿出了手机。那三个人，打了秀才两个巴掌，就不再睬秀才了，要走人，但秀才不让他们走，秀才说："你们站住，打了人就想走，没这么容易。"

那三个人说："你想怎么样？"

秀才说："等我叫了人来再说。"

秀才说着，拿出手机来拨号，接通后秀才说："我是秀才，这里有三个人找我麻烦，我在地委坡，你能过来一下吗？"手机里说："谁找死呀，敢找我们秀才的麻烦，我这就过来。"放下电话，秀才说："你们不要走，平白无故打人，我不会放过你们。"三个人说："不走就不走，我们怕你？"边上围着的人来劲了，有人说："这下有好戏看了。"

几分钟后，贾汉骑着摩托呼啸着来了。走到秀才跟前，那贾汉说："秀才，谁找你的麻烦？"

秀才指了指三个人，跟贾汉说："这三个人。"

贾汉就凶神恶煞的样子转过身去，但转过身看见那三个人后，贾汉立即变脸了，变得和颜悦色。贾汉说："是彪哥你们呀，谁敢找你们麻烦？"

三个人指着秀才说："这小子。"

又说："怎么，你来帮这小子？"

贾汉说："我怎么会帮他呢？"

说着，贾汉转过身来，然后凶神恶煞地看着秀才说："你找死呀，敢惹我们彪哥？"

说着，一伸手，打了秀才一个耳光。

那三个人，又要伸手打秀才，但这时一个声音响起："谁在这儿闹事？"

贾汉几个人一听，作鸟兽散，跑了。

秀才一看，警察来了。

画家和女孩

画家具有典型的艺术家气质，画家留着长头发，身上的衣服花花搭搭沾满了颜料。画家搬到那幢楼里住了才几天，就被人认出他是个画家。一天一个女孩就拦住画家，女孩说："你是个画家吧？"

画家说："你认识我吗？"

女孩说："我不认识。"

画家说："那你怎么知道我是画家？"

女孩说："我看出来的。"

此后，画家经常看得见这个女孩。女孩见了画家，笑一下，又笑一下，再笑一下。显然，女孩对画家很有好感。一次笑过，女孩对画家说："我可以去你屋里参观一下吗？"

画家说："你为什么要去我屋里参观？"

女孩说："因为我从小就崇拜画家。"

画家说："那我可不能拒绝崇拜我的人。"

随后，女孩就跟了画家去。进了画家房间，女孩看见画家屋里乱七八糟，到处都是画。女孩于是笑笑，跟画家说："跟我想象的一模一样。"

画家说："你怎么就想得到我屋里会这样呢？"

女孩说："我在电视里见过，在电视里，你们画家屋里都是乱七八糟的。"

画家屋里真的很多画，有的挂着，有的乱扔在地上。这其中还有很多裸体画。女孩看着那些裸体画，问着画家说："这是你妻子吗？"

画家说："有的是我妻子，有的是别的女孩。"

女孩说："你妻子一定很漂亮吧？"

画家说："你怎么会觉得我妻子漂亮？"

女孩说："画家的妻子嘛，她应该漂亮。"

女孩后来还到过画家屋里好多次，但女孩从来都没看到女主人。于是女孩有一天问着画家说："你妻子呢，我怎么总没看到她？"

画家说："我们离了。"

女孩说："离了，为什么？"

画家说："我也不知道，大概，她嫌我穷吧。"

女孩又一次来到画家屋里时，画家正在屋里作画。女孩在边上看了一会，忽然脸红起来。画家注意到女孩的神态，画家说："怎么脸红了？"

女孩说："你知道我刚才想了什么吗？"

画家说："你想什么我怎么知道？"

女孩说："我想做你的人体模特。"

画家说："可以呀，我正愁没人做我的模特呢！"

接下来女孩便站在画家跟前，女孩也不知道为什么，自己竟然有勇气在画家面前脱光。而画家也没有丝毫惊讶，他从容地画着，十分认真。画了好一会，画家画好了，他才跟女孩说："穿上吧？"

女孩仍没动，她看着画家说："一个女孩子在你跟前脱光了，你都不想动一动吗？"

画家说："不想。"

女孩说："为什么？"

画家说："你说呢？"

女孩说："是不是因为我不漂亮？"

画家说："你不漂亮，那世界上就没人漂亮了。"

女孩说："是不是因为我身材不好？"

·052·

画家说："我很少见到你这么好的身材。"

女孩说；"那为什么？"

画家说："不要打破砂锅问到底了，快穿上吧！"

女孩只好穿上了。

这以后不久，画家出了一点状况。画家去发廊里找小姐，被公安捉了。按照治安条例，画家被关了五天，还罚了款。这事，按说没人知道，但世上没有不透风的墙，不知为什么，还是有人知道了。女孩也知道了这事，女孩有一天来到画家屋里，女孩有些生气的样子，女孩说："你为什么要去做那样的事？"

画家说："需要呀。"

女孩说："你可以找我呀，难道我还不如小姐？"

画家便看着墙上，还指了指，画家说："你看看这儿吧！"

女孩便在墙上看见她自己了，墙上原先有好多画，但现在都撤了，只有那张画女孩的画挂在墙上。在画的下面，女孩还看到两个字：

"纯真。"

女孩明白了，女孩很感动的样子，女孩说："谢谢！"

女孩再去找画家时，门关着。女孩敲了很多下门，还说："开门呀。"但门一直没开，不知是画家不愿开门，还是画家根本就不在里面。

河边的小花

我在田园买了一套商品房,地段在抚河边上,离抚州城有十几里,我们周围都是村庄,再远,就是下马山了。开发商把这儿叫做田园,我觉得是恰如其分的。

我搬来这年,是一个大旱之年,这年夏秋冬连旱,干涸的抚河里只有一条细细的水带,撸起裤子就可以蹚过抚河。我经常看见附近一个村子的农民撸起裤子蹚过河去。一天又看见一个人在沙滩上走着往河中间去,这是个女孩子,大概二十岁左右。我以为她也要蹚水过河,但我想错了,到了水边,她并没有过去,而是坐在水边的沙滩上。我不知那女孩坐在那儿做什么,我观察了她好一会,想弄个明白。但我白费了心思,女孩子一直坐在那儿,让我失去了看她的耐心。

后来,我便经常看见这个女孩。我没看见她蹚过水过河去,总见她坐在水边。一个女孩子总坐在水边,很容易让人想到她失恋什么的,也让人放心不下。有一天我往女孩那儿走去,近了,我真的觉得女孩让人放心不下。女孩一脸的忧伤,坐在那儿一动不动,呆呆地。

我问起女孩来,开口说:"你怎么总是坐在这儿呢?"

女孩没作声。

我又说:"你好像很忧伤?"

女孩还是不作声。

我以为女孩不想跟生人说话，便表白说："我住在田园，挨着你们村，我们是邻居。"

女孩仍不作声。

我说："你坐在这里，很让人担心，这是河边。"

女孩依然不作声。

我又说："你不会想不开吧？"

女孩这回终于开口了，女孩说："可惜水太浅了，不然，也许我会走下去。"

我说："为什么要这样呢，是失恋吗？"

女孩又不说话，任由我再问什么，她也一声不吭。

只好讪讪而去。

才从河边上来，我看见一个朋友了，这朋友就住在女孩村里。看见我从河里走上来，朋友问我说："你这个记者也撸起裤子蹚水过河？"

我摇摇头，指着女孩说："我看到女孩坐那儿，便过去问她坐在那儿做什么。"

朋友说："你真是个记者，什么事都想知道。"

随后，朋友把女孩的情况告诉了我，正如我想的那样，女孩失恋了。当然，也有我没想到的。女孩原本在华光超市做事，还担任了水果柜的班长。水果柜经常有一些烂了的水果要削价，比如十五块钱一斤的美国苹果，如果烂了，只卖两块钱一斤。一天，一个女人拿了几个苹果去称，说是两块钱一斤的烂苹果。但过秤时，营业员发现那不是烂苹果而是好苹果。问女人怎么回事，女人一口咬定苹果是烂水果柜台上拿的。最后，这事追查到班长，也就是那个女孩身上。超市认为女孩工作不负责，把好水果当坏水果卖，超市甚至认为女孩和女人是串通的，结果是女孩被辞退了。

朋友最后告诉我，女孩为此很伤心，天天坐在河边上。

我很为这个天天坐在河边的女孩担心。

这个冬天过去，春天来了。入春后不久，连着落了好几场大雨。这几场雨，结束了旱情，也让抚河浩浩荡荡像条河了。

涨水了，我以为女孩不会再到河边来了。但错了，女孩还是来了。现在，她不可能坐在沙滩上，她坐在堤边。水已经涨到堤边了，她脚下，河水有些汹涌了。我更为女孩担心了。

一天我又走近了女孩，我说："现在涨水了，你坐在这里让人很担心。"

女孩这次开口了，女孩说："你又不是我什么人，干吗要为我担心？"

我说："人都有爱心，我真的很为你担心。"

女孩忽然笑了一声，苦苦地一笑，女孩说："人有爱心吗，人有爱心，我怎么会被人抛弃呢？人有爱心，我怎么会被人家不问青红皂白辞退呢？"

女孩说着时，一片落叶在水里漂着，女孩看着落叶说："你知道吗，我看见落叶，就觉得自己是一片落叶。"接着，水里又漂着一根枯枝。女孩又看着枯枝说："看见枯枝，我又觉得自己是一根枯枝，反正，我是被人抛弃的东西。"

我说："不是的，你还年轻，一切都会好起来。"

女孩身边有一朵细细的小花，黄色的，女孩这时把花掐在手里，看了许久，女孩说："我就是这朵小花，默默无闻，毫不起眼，谁都可以掐掉它。"

女孩说着，流泪了。

看见女孩这样伤感，我竟不知道怎样安慰她。

几天后，我又看见了女孩，她还坐在堤边，她身边，堤上堤下，那种黄黄的小花无边无际地开着，到处一片金黄，煞是好看。

我走了过去。

女孩已经跟我有些熟了，见我走来，跟我点了点头。我也点点头，然后指着堤上堤下黄灿灿的花说："即使是最不起眼的小花，也有辉煌的时候，你看见吗？"

女孩呆呆地看着。

这天，也就是我离开后不久，女孩在抚河里救起了一个孩子。是我们田园里住着的一个孩子，这孩子一个人到河边去玩，落水了，是那个女孩把她救了起来。孩子的父母我很熟，一起在田园住着，出出进进都见得到，他们见了我，总跟我说："刘记者你去写写那个女孩吧，是她舍命把我儿子救了起来。"

我去了，但没见到女孩，人家告诉我，女孩去外面打工了。

我后来再没见到女孩，但站在堤边，我总觉得我看见了女孩。女孩也是一棵草，寒冬一过，便蓬蓬勃勃花开遍地了。现在，那些花儿依然在我眼里灿烂着，我觉得，那就是女孩美丽的倩影。

电　影

　　平经常要从一座铁塔下走过。一天，平忽然看见一个男子爬到铁塔上。当然，这个男子没有爬到塔顶，他只是爬到半中央。平不知这个男子爬到铁塔上去做什么，平随即仰了头喊起来，平说："你爬到那上面去做什么？"

　　这是河边一座高压线塔，塔下只有几个人。平看见一个人，也像他一样仰着头，这人说："你快下来呀，快下来！"

　　塔上的男子无动于衷。

　　平现在明白塔上的男子要做什么了，平也说："下来呀，下来！"

　　在平说着时，他身边忽然来了好多人，甚至连警察也来了。平又迷惑了，不知道这偏僻的河边怎么一下子来了这么多人。

　　随后，河边此起彼伏喊声一片了：

　　你快下来！

　　你千万不能做傻事呀！

　　你不为自己着想，也要为你父母着想呀！

　　有一个女人，她手里竟拿着话筒，这女人说："你冷静点好不好，我请你冷静点。"

　　平觉得女人的声音很好听，平于是看了看女人。看到女人后，平不仅觉得女人声音好听，还觉得女人很好看，像个演员。

在平看着女人时，女人又说话了，女人说："你怎么这么不珍惜自己的生命呢，你看这河边，蓝天白云下，到处花红草绿，世界是多么的美好呀，可你怎么就要跳塔呢？"

有人附和，都说："是呀，你怎么就要跳塔呢？"

女人又说："你看到蝴蝶和蜻蜓吗，它们的生命那么渺小，却依然展开它们美丽的翅膀，在蓝天白云下翩跹，你的生命总该比它们珍贵吧？"

平以为这话会打动塔上的男子，但没有，塔上的男子大叫一声说："我就是不想活！"说着，纵身往下一跳。平见了，吓得目瞪口呆。但有惊无险，塔下不知什么时候已经好放了一只巨大的气垫，塔上的男子跳下来，立即淹没在气垫里。

这事很快过去了，但平却一直记着，那么多人关心一个寻短见的人，让平很感动。

大概一年后，平也爬上了铁塔。平这年进城打工了，但平几乎就没得到过工钱。平找工头问了多次，工头也不给，平一气之下爬上了铁塔。不过，平不会真往下跳，平只是想做给别人看，平从报纸或电视上看到过，有些农民工要不到工钱，便爬上高楼，做出往下跳的样子，以引起重视，然后要到工钱。平觉得他可以效仿，便爬上了铁塔。爬上塔后，平想象下面会围满了人，像一年前一样，下面会有个女人，说一些打动他的话。下面，还会铺上气垫。但平想错了，平爬上铁塔后，半天没有人发现。后来有人发现了，但并没人大惊小怪。倒有两个人说话，一个人说："这人爬塔上去做什么呀？"

一个人说："发神经吧！"

那时候是傍晚，平在塔上待了半天，没引起什么大的反响。后来天暗了，平只好悄无声息地也是小心翼翼地爬了下来。

闷闷地回到家，平开了电视来看。电视里在演一部电视连续剧，平很喜欢看连续剧，平没有变频道。忽然，平看到一个熟悉的画面，或者说，一年前的场景在电视里再现了。平在电视里看到那个铁塔，看到塔上那个男子，看到铁塔下面围满了人。甚至，平在电视里看到了自己。但平只是在电视里晃了一下，很快，画面移到一个女人身上。就是平见到的那个声音好听人也漂亮像个演员的女人。女人手里拿着话筒，正在对着铁塔上的男子说话。

女人说的话平也听过，女人说："你怎么这么不珍惜自己的生命呢，你看这河边，蓝天白云下，到处花红草绿，世界是多么的美好呀，可你怎么就要跳塔呢？"

有人附和，都说："是呀，你怎么就要跳塔呢？"

女人又说："你看到蝴蝶和蜻蜓吗，它们的生命那么渺小，却依然展开它们美丽的翅膀，在蓝天白云下翩跹，你的生命总该比它们珍贵吧？"

平忽然就明白了，那天，是在拍电影。

起　舞

　　老汉不会跳舞，一个农村老汉，一辈子待在农村，跳舞这码事对他来说离得太远。在老汉这一辈子中，就是看人家跳舞的时候，也相当少。老汉年轻时看过一次，那时候老汉不到20岁，公社文艺宣传队在村里搭台演出，老汉站在台下，看见台上蹦蹦跳跳的男女，老汉觉得他们一个个都是天上的人。看着他们，老汉觉得自己简直不是人了，用一句话来形容，就是老汉自惭形秽。其实，老汉不是一个笨拙的人，老汉除了书读得少外，做农活是一把好手。老汉耕的田匀称笔直，老汉栽的禾整整齐齐。老汉割禾比谁都快，老汉栽的薯可以长到两斤多一个，栽的冬瓜可以长得比他还高。但看着台上翩翩起舞的男女，老汉觉得自己跟他们比相差太远了。以后，有几十年，老汉都没看过别人跳舞或者说跳舞这码事从来没跳进过他脑子。老汉每天做着农活，有时候也去赶集，最远还去过县城。但没有一次，老汉看到过别人跳舞。这三十多年一过，老汉就真正变成老汉了。在老汉变成老汉时，城里的剧团又一次下乡演出。这次，他们跳的舞让老汉觉得很不像话。他们露胳膊露腿，还露肚脐和屁股。老汉看了，不屑的样子，没看完就走了。这样的事，还有过一次。在县城里，老汉也看见一些女孩坦胸露臂地跳着，老汉仍不屑一顾，走了。随着生活的富裕，老汉家里买了电视机了，在电视里，老汉倒经常可以看见别人跳舞，但老汉不喜欢看跳舞，一看到跳舞的频道，就摇走。老汉喜欢在电视里看电影，打开电视看电影，老汉很熟悉这句话。

　　后来，老汉就进城了，不是县城，是比县城更大的城市。老汉的儿子读了大学后分在城里工作，他们一直要接老汉和他老伴去城里住。老汉和老伴去了，但住几天，又回来了。后来，儿子生了孙子，老汉和老伴又去了。这回，他们就回不来了，在城里带孙子。老汉不愿意住在城里，但看见孙子那么可爱，老汉就不能只顾自己了。老汉于是跟老伴一起，在城里住下来，两人一同伺候着小孙子。说老汉伺候孙子也不恰当，老汉伺候庄稼很在行，伺候人并不在行。老汉在城里做的最多的就是带孙子出去玩，去逛街。开始，老汉是抱着孙子出去，过后，是背着孙子出去。到孙子会走路了，老汉就牵孙子出去。天晴的时候，孙子吃饱了喝足了，老汉就抱着他背着他或牵着他出去，到处走到处看。这时候，老汉倒经常看到别人跳舞了。广场上有老太太跳健身操，一些商场促销也会在门口搭台唱歌跳舞。但老汉见了没见一样。这就是说，跳舞这码事从来不会往他心里去。老汉有时候也会站在边上看人家跳，但老汉好像盯着别人在看，心里想的却是别的事。总而言之，跳舞这码事从来没往老汉心里去过。

　　但有一天，老汉却跳起舞来。

　　不是人家拉老汉去跳舞，确实有人拉老汉去跳舞，那是老汉孙子上幼儿园后，老汉无所事事了，他儿子让几个老太太喊老汉一起出去。老汉去了，才知道她们喊他一起出去跳舞。老汉当即羞得脸红耳赤，老汉转身就走，走得很快，风一样就不见了。老汉跳舞是孙子不要上幼儿园的一个星期天。这天阳光灿烂，老汉背了孙子出去，在一家大型超市外面的广场上，有人搞商业促销。不过，这次他们没搭台，他们只是把商品排成一排，放有一个功率很大的喇叭播放音乐。老汉背着孙子到了那儿后，放下了孙子。孙子下来后到处跑，老汉在身后不停地说："莫打跌，莫打跌。"孙子在跑着时，双手晃着，很有节奏地晃。晃了一会儿，孙子双腿也有节奏地跳着。老汉见了，跟着孙子一起晃，双腿一下又一下有节奏地踩着。到这时，老汉自己也没意识到，他开始跳了起来。

　　老汉真的在跳舞了，孙子怎么跳，他怎么跳。后来，老汉就牵着孙子的手,不是牵一只手,而是两只手一起牵。然后,跟孙子一起跳着。到这时,老汉进入状态了。孙子矮,老汉高,老汉只有弯着腰跳。但老汉的姿势一点也不难看,老汉晃着孙子的手,一会高一会低,或者说左手高右手低然后左手低右手高,就这样一下一下地晃着。老汉的双腿和着音乐,也一下一下地踩着,很有节奏。周围有人开始看老汉了。他们看见一个50多岁的人,穿着很简朴的有皱的衣服;鞋也简单,最普通的一双胶鞋;甚至,老汉的裤腿也一只高一只低。这样的打扮,一看就是乡下来的。但看的人又觉得,这老汉的节奏感很强,舞姿也不难看。老汉不知道有人在看他,他跟孙子面对面,他只看着孙子。孙子笑,他也笑。孙子快活,他也快活。后来,老汉就和孙子分开手了。老汉仍跳着,和孙子面对面跳,老汉这时的舞姿更有节奏感了,老汉一只脚踢出去,又收回来,然后又把另一只脚踢出去,再收回来。老汉的双手,也一会在左边合拢,拍着,一会在右边合拢,拍着。孙子这时候跟着老汉跳,老汉往左边踢腿,孙子也往左边踢腿,老汉往右边踢腿,孙子也往右边踢腿。再后,老汉就在广场上跳动起来。这就是说,老汉不再站那儿跳,他一会儿左一会儿右,一会儿前一会儿后地跳动着。这时候孙子就有些跟不上了,但孙子还是极力跟着,哈哈地笑。

  看的人多了起来,甚至,都围了一小圈儿人了。他们看着,脸带微笑。有的人,也跟着音乐的节奏动着,像老汉一样。老汉仍不知道有人看他,他在阳光下踩着音乐的节奏翩翩起舞。广场上有很高的树,老汉一会儿踢到树下了,阳光从树叶间倾泄下来,倾泄在老汉身上,老汉身上就有了很多光斑了。老汉动着,光斑也动着,这样看起来,老汉的舞姿就有些曼妙了。老汉还是不知道有人看他,他真的做到了旁若无人了。但突然,音乐就停了,不是工作人员有意停了音乐,而是线路故障。音乐一停,老汉就跳不下去了。老汉双手张开着,一只脚也悬着。就这么悬了有那么一两秒,老汉缓过劲儿来了。老汉一缓过劲儿,就看见周围有人看他,不是一个人两个人,是很多人围成了一个圈子。老汉忽然就觉得不好意思了,老汉的脸很快就红起来,人也很不自在。在老汉不自在时,一个人走了过来，一个女人，且很年轻。老汉看见女人过来，心里怕起来，以为女人过来说自己在这里影响人家做生意。但老汉错了，女人过来跟老汉笑着，还说："你跳得真好。"

老汉就笑了，但笑得不很自在。笑过了，老汉蹲下来，让孙子趴在背上，然后，老汉就在众人友善的目光里渐行渐远，渐行渐远……

老 屋

村里有很多老房子，其中一幢儒林第，是明末清初的建筑。这屋还能住人，一个老人，就住在里面。老人有儿有女，但都住在城里，他们一直要接老人去城里住，但老人不去，老人说他喜欢住在乡下。

经常有人到村里来看老房子，他们看见了儒林第，也看见了住在儒林第里的老人，有人问着老人说："你住在这里呀？"

老人点头。

又有人问："是你的房子吗？"

老人又点头，还说："是，我祖上留下来的。"

一个人抬了抬头，看了看门楣上儒林第三个字，然后跟老人说："你祖上有人当过官。"

老人说："不错，我祖上有人当过儒林郎，从六品。"

那些来看房子的人还会进屋，里里外外地看，看了许久，又跟老人说："这老屋做得倒不错，但太旧了，后面都倒了。"

老人点着头说："如果不是我住在这里，这老屋恐怕倒了。"

还有人居然想买那老屋，一天来了两个人，他们看了半天，然后问着老人说："你这幢房子卖吗？"

老人以为听错了，老人说："你们要买这老屋？"

他们说："不错，我们要买这老屋。"

老人说:"这样烂的屋子,你们买了做什么,要住这里?"

他们说:"我们买了后会拆掉它,然后再运到我们浙江盖起来。"

老人说:"你们能出多少钱?"

他们说:"你卖的话,我给你60万。"

老人又以为听错了,老人说:"多少?"

"60万。"他们大着声音说

老人这下听清了,老人说:"你逗我开心吧,一幢老房子,后面的墙都倒了,值60万?"

他们说:"我不逗你。"

老人说:"那我问问我儿女。"

他们说:"好,我们过几天再来。"

两个人走了,老人也把这事告诉了几个儿女。几个儿女意见很统一,同意卖。他们商议卖了老屋,就让老人住到城里来。这天,两个人又来了。村里人这回知道他们要来买老屋,他们跟着两个人。见了老人,两个人还没说话,村里人说话了,一个人跟老人说:"春公,这老屋不能卖。"

老人说:"为什么?"

一个人说:"这老屋是你祖上盖的,是你祖上留下的财产,不能在你手上卖掉。"

又一个人说:"60万块钱虽然多,但你这是卖祖业。"

老人觉得这话有理,不做声了。

两个人不死心,提高了价格,他们说:"70万,卖不卖?"

村里人说:"不卖,我们不会卖掉祖业"

老人也说:"不卖。"

两个人走了。

不久,两个人又来了,他们跟老人说:"80万,卖不卖?"

村里仍有人跟着两个人,他们跟老人说:"不能卖。"

也有人说:"祖上的东西还是莫买好,钱赚得到,房子卖了就没

· 066 ·

有了。"

老人说:"不卖。"

几个人又走了。

不久,两个人再来了一次,价格也涨到100万。老人很想卖,老人的儿女,也很想卖。但村人里打岔,他们还是那句:"我们不能卖掉老祖宗留下的东西。"

话说到这种程度,老人还敢卖吗,老人还是那两个字:"不卖。"

几个人走了,再没来。

这后来不久,老人病了,老人的儿女便把老人接城里去了。

老屋空着。

空了那么几年,老屋倒了。

乡村老人

　　行走在乡村，我看到最多的是老人。走过一个又一个村庄，看到的是一个又一个老人。走过一块又一块田畈，看到的，还是一个又一个老人。在乡村，我也看得到孩子，但那孩子是老人带着。孩子的父母打工去了，老人便充当着孩子的父母，屎一把尿一把地把孩子带大。乡村老人不仅要带孩子，还要种地，看到一块菜地青青翠翠，我知道那是老人种的。看到一块瓜地瓜熟蒂落，我知道那也是老人种的。芝麻开花了，禾苗抽穗了，甘蔗节节高了，南瓜让孩子抱不动了，这都是老人辛勤劳作的结果。这些老人，让乡村绿了，让乡村活了，也让乡村有了鸡鸣狗叫，是他们让乡村有了勃勃生机。

　　在城里也见得到这些老人，天还蒙蒙亮的时候，有老人挑着菜上街了。不管哪一条进城的路上，都看得到这些挑着菜筐的老人。筐里的菜并不多，几把韭菜、空心菜、小白菜或是几把大蒜几把葱。筐里也可能是几根丝瓜、几只葫芦、几只苦瓜，反正什么菜都有。这一点点菜，不重，但老人仍然被压得步履蹒跚，路远，十几里或二十里，老人走一阵歇一阵，走了大半个早晨，才进了城。有一天，我看见一个很老很瘦的老太婆筐里只有十几只萝卜，我那天正要买萝卜，我问老人："萝卜几多钱一斤？"

　　老人说："三角。"

　　就那些萝卜，我全买了，总共也就是四块多钱，我把钱给了老人，然后说:"你到城里很远吧?"

老人说:"十几里。"

我说:"你进一趟城要几个小时,就卖这一点萝卜,不划算的。"

老人说:"我也想多挑些萝卜来卖,但老了,挑不动。"

这个老人,我后来在乡下见到她,准确地说,是在老人的萝卜地里见到她。当然,开始的时候我只是在老人的地里拔了几个萝卜。一天我开了半天车,口渴了,恰好看见路边一块萝卜地,我停下车,拔了一个萝卜吃。我车上还有几个人,也一人拔了一个。地里的萝卜栽得很好,我们拔出的萝卜很大,我们其实吃不完这么大的萝卜,余下大半截,都被我们扔了。过了一天,我又经过那块萝卜地,就看见那个又老又瘦的老人了,显然,是老人种出了这一大片的萝卜。想到拔了老人那么多萝卜,我心里很有些惭愧,,随后下了车,掏出五块钱递给老人。

老人也认出了我,看我给她钱,就说:"又买萝卜呀?"

我说:"不是,是那天我们拔了几个萝卜吃。"

老人说:"是你们拔了我的萝卜呀!"

我难为情的样子,说:"当时口很渴,看到地里的萝卜,就拔了,我给五块钱吧,算我买了那些萝卜。"

老人说:"地里的东西,吃了就吃了,给什么钱呀。"

老人说过,不管我怎么把钱塞给她,她都不要,我只好作罢,然后看着老人说:"这么大年纪了,怎么还在种地呀?"

老人说:"现在的乡下就是我们老人种地了,比我们年轻一点的都出去打工了,再年轻的人,在家也不会种地,我们歇下来,这地就会荒了。"

我说:"那就让它荒吧。"

老人说:"看不惯呀,看见地荒了,我们心里也慌。"

我当然知道现在农村这种现象,行走在乡下,我真的只看见这些老人,没有这些老人,农村的土地恐怕真的都要荒了。

和老人说了一会儿话,我离开了,在离开之前,我趁老人不注意,把五块钱丢在老人脚下,拔了老人那么多萝卜,我真的很惭愧,我觉得无论如何要补偿老人。

这后来的一天,我开车往那儿过,又看见老人了。老人还认识我,一见我就喊着我说:"终于看见你来了。"

我说:"有事呀?"

老人说:"你那天掉了五块钱在我地里。"

老人说着,在身上掏钱给我,边掏边说:"这五块钱我一直放在身上,等你来拿。"

我说:"这不是我的钱。"

老人说:"怎么不是,我地里又不长钱,就是你那天掉的。"

说着,老人把钱塞给了我。

我一直喜欢在乡村行走或者说我一直喜欢在乡下玩。我现在明白了,这些可敬可爱的老人,就是我喜欢乡村的来由……

门

进第一道门的时候，保安对他盘问得很仔细。

保安说："你找谁？"

他说："找林总。"

保安说："你找林总做什么？"

他说："林总让我来玩。"

保安说："你和林总是什么关系？"

他说："是朋友。"

保安听他说是林总的朋友，便认真地看了看他，然后说："身份证。"

他便拿出身份证来，保安看了看，然后挥挥手，让他进门，还说："往左走，林总住在A区A1幢。"

他便往左走。

很快，他看见了第二道门。一个保安，在他要进门时也拦住了他。保安同样对他盘问得很仔细，除了把上面那些话问过后，保安还多问了一些，保安说："你是做什么的？"

他说："我什么也没做。"

保安说："你什么也没做，怎么会是林总的朋友？"

他说："我不知道。"

保安说:"你们好像不是一个层次的人吧?"

他说:"你这是什么意思?"

保安说:"你不知道吗,林总是我们城市最有钱的人。"

他说:"不知道。"

保安再没说什么,也挥了挥手,让他进门。

他真的不知道林总是这个城市最有钱的人,他和林总认识有一两个月了,他觉得他们很谈得来。林总也说过很喜欢他这个诚实的普通朋友。现在,知道林总的真实身份后,他有些忐忑了。他忽然有些怕见林总了,他想回去,但又想既然答应来见人家,还是见一面好。这样想着,他来到了第三道门前。

这是林总的别墅前,Ａ区Ａ1幢。

他举起了手,敲了敲门。敲过后他想一定又有一个保安盘问他。但没有,他只听到一个声音说:"请进。"

他进去了。

但进去后他并没看到人,他觉得奇怪,左右看看,发现刚才的声音并不是一个人在说话,而是语言提示。

明白这点后他叫了一声:"林总……"

没人应他。

他又叫:"林总,林总……"

仍然没有人回答他,也没见别人出来。

现在,他已站在林总家里了,或者说他站在林总的Ａ区Ａ1幢别墅的客厅里了。

这是一个非常漂亮的场所,至少,在他三十年的人生经历中,他没见过这么漂亮的地方。在这样的地方,他非常地胆怯和拘束。有好久,他都不敢走动,只呆呆地站在那儿。后来,他就看见有一扇门开着,他怯怯地走过去,看看林总是不是在里面。这一过去,他发现那是一间办公房,里面有很大的办公桌和豪华的沙发。当然,里面同样漂亮,让他觉得这不是人待的地方,而是神仙待的地方。在门口,他仍喊道:"林总,林总……"

依然没人应他。

虽然没人应他,但这时电话响了。他听了,像在家里一样,要跑过去接。但在电话边,他想起来了,这不是自己家里,他不能接。

在电话边站了一会,铃声停了。他在铃声停了后看了看,这一看大吃一惊。他发现里面到处都是值钱的东西。瓷器古董在装饰架上放着,手表就放在茶几上,甚至茶几上和桌上还放着不少现金。

他赶紧退了出来。

在客厅里,他开始考虑离开了,但理智告诉他,没见到林总他不能走。这里很多值钱的东西,他悄无声息地来了,又悄无声息地走了,万一林总不见了东西,他觉得说不清楚。

于是他就在客厅里等林总。

他坐在客厅的沙发上等,后来屁股坐痛了,也不见林总来。再等,天就黑了,林总也没来。天黑了他就睡在沙发上,但睡到天亮,他仍没见到林总。这期间他当然想走,但他想这么久都等了,也许再等一会,林总就来了。这样想着,他一直没走。

这期间电话又响过几次,但他没接。他除了上卫生间方便和喝几口自来水外,他哪儿也不敢去不敢动。客厅里有冰箱,他后来很饿很饿,但他没去开冰箱,他甚至就没走近冰箱,他只坐在沙发上或躺在沙发上。

也不知道等了多久,后来,他就头昏眼花,有气无力了。再后来,就昏迷不醒了。

一周后林总回来了。一周前,林总约他去玩。但后来林总接到一个电话,让他去北京谈一笔生意。这样,林总就坐飞机走了。林总本想打电话告诉他失约的原因,但他没有手机,林总联系不到他。这样,林总只好让别墅开着,他一敲门,便有语音提示,让他进去。期间,林总打来电话,想告诉他人在北京,但他根本就不敢在林总的别墅里接电话,他只想等林总来。一个星期后,林总来了并很快见到了他。但这个时候,他已经奄奄一息了。

林总立即打电话让保安来帮忙。随后，两个保安来了。这两个保安一见到他，一个就说："唉，这个人怎么还没走呀？"

　　另一个说："这么好的地方，他舍得走？"

　　说着，两个保安把他抬了出去。

忘 记

我看见一个女孩要跳河。

女孩站在桥上，一座古老而又荒凉的桥。说它古老，是因为这是一座青石板桥。说它荒凉，是因为很少有人在桥上走动。而且，桥墩上缠满了薜荔。

女孩就站在桥墩上。

桥不是很宽，只有两三米。但桥还是很长，有二三十米。桥上走动的人确实很少。但隔一阵子，还是有一两个人走过。一个男人，荷着锄头走上桥了。男人看出女孩要做什么，男人于是劝起女孩来，我听到男人说："你不要做傻事。"

女孩没作声。

男人又说："你回去吧。"

男人说着，要从桥上下到桥墩上，他想拉女孩上来。女孩这时说话了，女孩说："你不要过来，你过来我就跳下去。"

女孩这样说，就吓着男人了，男人真不敢过去。

待了一会，男人走开了，走到我跟前时，男人跟我说："你要好好劝劝她。"

我点点头。

很明显，男人以为我跟女孩是一起的。但事实上我不认识女孩，我也是从这儿经过，看见女孩要跳河，我放心不下，才停下来，没走开。

不一会，又一个人走上桥了。这是一个老人，他也看出女孩要做什么，老人于是也劝起女孩来，老人说："你千万不要想不开呀！"

女孩没作声。

老人又说："你还这么年轻，千万不要想不开。"

女孩仍没作声。

老人劝了几句，劝不动，便摇摇头，走开了。很快，老人也走到我跟前了，老人说："你要好好劝着她。"

我说："我知道。"

还有人走上桥，也劝着女孩，但女孩一声不吭。有人想到桥墩上去，拉女孩上来。女孩这时便叫着说："你莫过来，你过来我就跳下去。"

没人敢过去了，这是涨水季节，桥下洪水汹涌，女孩跳下去，肯定活不了。

我没去劝女孩，但我也没走。女孩站在桥墩上，我也站着。女孩站久了，坐下来。我也坐下来。很长时间——一上午一下午过去了，女孩都没走，而我，也没走。

后来，天快黑了，女孩开口了，女孩说："你为什么不走？"

我说："我想看你跳河。"

女孩说："你为什么想看我跳河？"

我说："我长这么大了，还从来没看见别人跳河，要是看见别人跳河，我一定觉得很好玩。"

女孩说："你把自己的快乐建立在别人的痛苦上，你不觉得你很卑鄙吗？"

我说："我一点也不觉得我卑鄙，要是你真的跳了河，我会跳下去救你。"

女孩说："然后，你就成了英雄，对吧？"

我说："是这样，救了你，我就是英雄了。"

女孩说："我偏不让你得逞。"

谁都知道结果了，女孩没跳河，她离开了桥墩，走了。

我要的就是这种结果。

大概几个月后，我看见女孩了。那天，我陪着女孩在桥上站了差不多一天了，我不可能认不出她来。我在女孩走近时，跟她笑了笑。但女孩却没跟我笑，她木着一张脸，一点反应也没有。

看来，她把我忘记了。

不错，女孩真把我忘记了，看见我跟她笑，女孩很陌生地看着我说："你认识我？"

我仍笑，但摇了摇头，我说："不认识。"

牙 医

牙医也会牙痛，牙医一牙痛，就愁眉苦脸。牙医的妻子一看见牙医愁眉苦脸，就知道牙医犯牙疼了，妻子于是说："你牙齿又怎么啦？"

牙医说："老毛病了，喝冷水也痛，喝热水也痛，吃东西更痛。"

妻子说："赶快吃药呀！"

牙医说："吃了，但没用。"

妻子说："那打针呀！"

牙医说："打了，也不见好。"

妻子就不知道说什么了。

像牙医这样牙痛的人，大有人在。一个女人，忽然也牙痛起来。女人牙痛也愁眉苦脸，女人的丈夫见了，就说："你怎么啦？"

女人说："牙痛。"

丈夫说："好好的，怎么牙痛？"

女人说："也不知为什么，这几天喝冷水也痛，喝热水也痛，吃东西更痛。"

丈夫说："赶快去看医生呀！"

女人说："有用吗？"

丈夫说："当然有用。"

女人就点点头，觉得该去看医生了。

很快，女人见到了牙医。两个人认识，牙医见了女人，问她说："你怎么来了？"

女人说："来见你会有什么好事，牙疼呗。"

牙医就认真起来，让女人张开嘴，他用手电照着，还问："有哪些症状？"

女人说："别提了，这几天喝冷水也痛，喝热水也痛，吃东西更痛。"

牙医说："看来是牙龈发炎。"

女人说："能治好吗？"

牙医说："当然，吃点消炎药，打两针，就会好。"

女人说："那赶紧开药打针吧，我都痛怕了。"

牙医就给女人开处方，开着时，牙医喝了口水。那水凉了，牙医的牙齿还在痛着，这一口冷水喝进去，痛得牙医皱起眉来。女人坐在边上，女人当然看见了，女人说："怎么啦？"

牙医赶紧掩饰，牙医说："没怎么呀。"

女人说："没怎么呀，看你那样子，我还以为你也牙疼呢！"

牙医笑笑，牙医说："怎么可能呢？"

女人吃了药打了针，牙疼就消失了。女人的丈夫当然看得出来，女人的丈夫说："好啦？"

女人说："好了。"

丈夫说："我说了看医生有用，不错吧？"

女人点头。

那个牙医，还在牙痛。牙医一牙痛，就愁眉苦脸。牙医的妻子一看见牙医愁眉苦脸，就知道牙医的牙还在痛着。牙医的妻子于是说："亏你还是个牙医，你怎么连自己的牙疼都治不好？"

牙医说："我也不知道。"

妻子说："如果我不是你的妻子，我真的怀疑你是不是个医生。"

牙医没睬妻子，只愁着眉，苦着脸。

毫无疑问，牙医的牙又痛了起来。

实习生苏拉

实习生叫苏拉。

苏拉很漂亮，是那种清丽纯真的漂亮。她来实习的那天，报社很多人都想看她。报社的办公室很大，整个一层楼就是一个办公室，但每个人的位子都用玻璃隔着。透过玻璃也能看得见人，但看不清楚。于是就有人在苏拉跟前走动，走过后问一句：

"这女孩叫什么呀？"

"苏拉。"

苏拉来实习后的好多天，一直坐着冷板，没人安排她做什么。只有一个主任拿了几张报纸给她，另一个副主任让她看了几篇稿子。其他时间，她一直闲着。报社有很多男士，而且不少是单身男士，他们对苏拉当然不会无动于衷，但谁都没有主动走近苏拉，他们觉得太主动了似乎就显得迫不及待了。报社那些女士一个个都很矜持，没什么事，她们也不会去接近苏拉。这样，苏拉就真的无所事事了，整整一个星期都这样。

一个星期后苏拉开始主动出击了，她走近一个男记者。这记者平时跟苏拉笑得很温和，是那种平易近人的感觉。苏拉走近他，跟他说："我跟你出去采访吧？"

这记者不可能拒绝，如果这样，就毫无道理了。

只是这个头一开，就一发不可收拾了。苏拉既然会跟一个男记者去采访，那么其他的记者也就想带着苏拉出去。这结果是苏拉每天都被那些记者带出去东奔西跑。开始，苏拉还觉得这样很充实，可以学到很多东西。但大半个月下来，苏拉感到吃不消了，人瘦了一圈，还黑了。苏拉对着镜子，都有点心痛了。

苏拉后来也开始拒绝了，苏拉说得很婉转，有人喊她出去，她不想出去的话，就跟人家说身体不舒服。这一来，又让那些记者大惊小怪了，问苏拉说你不要紧吧？又说要不要我陪你去医院？还有人自作主张，认为苏拉是感冒了，帮她买了康泰克来。苏拉说了几回身体不舒服，结果抽屉里就有了好几瓶感冒药，苏拉真不知如何处理它们。

但苏拉还是很感动。

有一个人，更想感动苏拉，这人是当地宣传部长的儿子。因为他父亲管着报社，这样，他在报社就有很多朋友。他经常来，有一天就发现了苏拉。这位部长的儿子可以说一眼就看上了苏拉，典型的一见钟情。但苏拉没有这种感觉，她很奇怪为什么有一个不是报社的人天天来找她。部长的儿子来了一阵，就开始直接告诉苏拉，说他喜欢苏拉，想找苏拉做女朋友。苏拉说这是不可能的。部长的儿子说为什么，你有了男朋友吗，即使你有，我也可以跟他竞争嘛。苏拉说我没有男朋友。部长的儿子说你没有男朋友，那更好，我就做你的男朋友。苏拉说不行，我不会同意的。部长的儿子又说为什么，我给你的印象就那么差？苏拉说那倒不是。部长的儿子说那嫌我长得不够好看？嫌我家庭条件不好？苏拉说也不是。部长的儿子说那为什么？苏拉说我父亲说了，读书期间不能谈恋爱。部长的儿子听了，笑得气都喘不过来，部长的儿子说你说话怎么这么好玩，他叫你不谈，你就不谈呀，你还是十几岁呀，再说你现在也没读书，你在实习呀。苏拉说不行就不行，我不会跟你好。

部长的儿子没有因为苏拉的拒绝而放弃，相反追得更紧。他后来每天都让人送来一束玫瑰，以表示他的诚心。但苏拉还是无动于衷。送玫瑰的人来了，她从不睬人家一眼。送玫瑰的人尴尬了两回，也就什么也不说了，把玫瑰放在苏拉桌上就走。苏拉从来都没动过那些玫瑰。玫瑰是怎放的，还怎么放。有人见了，就开导苏拉，跟苏拉说部长儿子看上你是你的福气，做了他的女朋友，以后就可以直接分到报社来，如果你拒绝他，就很难分进来。苏拉说分不进来我可以去别的单位找工作，我干吗要用自己的爱情来换这份工作呢。苏拉这样说，人家就无话好说了，只摇头。

那些玫瑰还天天送来，后来，苏拉的桌子都放满了，连字都写不了。没法，苏拉只好去跟一个人挤一张桌子。这也是个男记者，苏拉故意想跟这个记者好，让部长的儿子死心。但没过几天，那记者跟苏拉说你不要为难我好吗？苏拉说怎么说这样的话。记者说部长的儿子找过我了，让我不要插在你们中间。苏拉就意识到她再挤在这儿的确是为难人家，她坐了回来，然后看着满桌的玫瑰发呆。

待了一会，苏拉出去了，她很烦，想上街走走。很快，苏拉走进了一家服装超市。苏拉看中了一件衣裳，买了下来。走出来，苏拉心情好了些。在苏拉心情好了些时，她看见一个女孩跪在街边号啕大哭。苏拉问了问，明白这女孩因父亲生病，读不了书，女孩这是在向人求助。苏拉一向是极富同情心的，她给了女孩十块钱。走过后想了想，觉得给得少了，又回去给了十块。又走，苏拉看见一个乞讨的人，这人一只手和一条腿都没有，苏拉觉得这人也可怜，也给了他十块钱。再走，苏拉看见一个孩子，这孩子整个身子还没有一颗脑袋大。苏拉同情心大发，再给了他十块钱。到这时，天不早了，苏拉觉得饿了，她想吃东西了，但搜了搜身上，竟然只剩下了几角钱。

苏拉赶紧从包里取出卡，但在取款机上却取不出钱。一看，上面只有一元多钱，是压卡的钱，取不出来。苏拉意识到问题大了，急忙用身上的几角钱去打IP电话，要父亲把钱打过来。电话倒打通了，父亲说马上就打。但远水救不了近火，打过来的钱，要过一天才取得到，也就是说，这个中午和晚上，苏拉身上连吃饭的钱都没有了。

苏拉这个中午果然没吃饭。下午，苏拉又那样坐在桌前，看着桌上的玫瑰发呆。一些男记者见了，过来问苏拉说身体不舒服吗？苏拉说没有。他们便说你都发了一下午的呆了，哪儿不舒服告诉我们。苏拉只好笑一笑。见苏拉笑了，他们才走开了。后来，部长的儿子打来电话。部长的儿子说现在你接受我了吗？苏拉说不接受。部长的儿子说我是认真的。苏拉说我也是认真的。部长的儿子说到底为什么？苏拉说不为什么，只是我不想谈恋爱。部长的儿子就无话好说了，放了电话。

放下电话后苏拉想找同事借点钱，去街上吃点东西，但左想右想，她还是开不了口。

后来苏拉下班了。

苏拉走在街上，看到街两边都是餐馆，苏拉越发地觉得饿了。正难受着，一个乞讨的人伸一只手过来，跟苏拉说："给一块钱吧。"

苏拉说："我现在比你还穷。"

苏拉说着时，肚子咕地响了一下。

苏拉实在太饿了，她好想好想把手伸给谁。

张小禾进城

张小禾进城后至少做过十几样工作。和大多数农民工一样,张小禾进城最初是在一家建筑工地上做。张小禾没有手艺,只能在工地上做些搬来搬去的事。做了半年,张小禾一分钱都没拿到。张小禾后来不做了,张小禾在街上开了一家夜宵摊子。夜宵生意还好,张小禾赚了些钱。但好景不长,半年后,那座城市整治市容环境,不让张小禾在街上摆夜宵摊。这以后,张小禾在城里开"摩的",也就是用摩托车载客。摩托载客也是不允许的事,只能偷偷摸摸地做。一天载了一个客,被城管发现了,几个城管疯了一样追他。张小禾骑摩托历史不久,车上又载着人,张小禾很快被城管追上了并被扣了摩托。后来,张小禾被罚了五百块钱,才把摩托拿了回来。张小禾还卖过甘蔗,卖过茶蛋,贩过菜。但每一样都不长久,原因是这些不赚钱。张小禾做得最体面的事,是当了三个月的保安。张小禾一个亲戚在银行工作,银行要保安,亲戚便推荐张小禾去了。但张小禾乌皮黑瘦,长相也难看。张小禾穿着保安服,手里拿着电棒,但张小禾还是好看不起来,更谈不上威严。一次一个顾客取了三万块钱,才转身,就被一个人抢走了。张小禾反应极快,知道发生了什么,张小禾拦住了那个强盗。但强盗力大,他一推,张小禾便跌得四脚朝天,半天爬不起来。

毫无疑问,张小禾保安又做不成了。

张小禾还在一家机关做过几个月收发,也是银行那个亲戚介绍去的。

但张小禾形象确实太难看了，很猥琐的样子。有一个女士居然说看到张小禾猥琐的样子就恶心。这话传出去，张小禾在机关又干不成了。张小禾还拖过板车，但张小禾个子小，做这事力不从心。张小禾也去给人家看过门，这工作倒轻松，但工资太低，一个月还拿不到三百块钱。张小禾没做几个月，又不做了。有一阵子，张小禾什么都没做，就待在家里。张小禾当然想做事，但张小禾找不到事做。

现在张小禾还闲在家里。

张小禾租住在亲戚家里，亲戚每个月只收他一百多块钱房租。张小禾没做事，连这一百多块钱也付不起。亲戚对张小禾倒好，他不但不催张小禾交房租，还这里那里给张小禾介绍事做。这天，亲戚又带张小禾去找一个超市的经理，想给张小禾在超市找一份事做。但超市经理见了张小禾后直摇头，跟张小禾亲戚说张小禾形象太差了，会影响他们超市的形象。

张小禾还是没找到事做。

从超市出来，张小禾和亲戚分开了。这是周六，街上到处是人，而且满街都是散发促销广告的人。亲戚一路走着，无数人往他手里塞促销广告。这些广告五花八门，有卖药的，卖衣服鞋子的，卖手机的，卖电磁炉微波炉电饭煲电视机DVD音响的……有些人，整本整本地把一些商品介绍往亲戚手里塞。这真是一个人人都想赚钱的年代，于是便有这满街散发促销广告的人。亲戚走几步，差不多就有人往他手里塞一张纸或一叠纸。亲戚开始想扔掉它，但多了，亲戚就抱着，不扔了。这个上午，亲戚在街上走了一个小时，手里收到厚厚的一摞促销广告。

亲戚回家后把这些促销广告给了张小禾，亲戚说："有收破烂的来了，你卖了吧，多少能卖一些钱。"

亲戚说话时，收破烂的就来了，张小禾真把那一摞纸卖了，有好几斤，卖到三块多钱。

张小禾要把这几块钱给亲戚，但亲戚不要，亲戚跟张小禾说："反正你没事做，有空也上街走走吧，满街都是散发促销广告的人，不拿白不拿，拿了好卖钱。"

张小禾按亲戚的话做了，第二天也上街了。但上得街来，张小禾发现不对劲了。街上真的有很多很多散发促销广告的人，但没人把那些纸往张小禾手里塞。他们见了张小禾，没见一样，更没有人把手伸给他。张小禾不解其意，后来主动伸手，但人家还是不把促销广告塞给他。张小禾就有些生气了，张小禾在又一次伸手遭到冷遇后，凶着那个散发促销广告的女孩说："怎么不把宣传单给我？"

女孩瞥了张小禾一眼，女孩说："给你也没用。"

张小禾说："你怎么知道我没用？"

女孩说："我们是动感酒吧的，你会去这种场合吗？"

张小禾一听，没脾气了，红着脸走开了。

张小禾这天上午在街上走了好久，没一个人往张小禾手里塞那些促销广告。终于，一个人塞给了张小禾一张。张小禾一看，几个字赫然入目：XX公墓。

张小禾急忙扔了。

但随即，张小禾又把这张广告捡了起来。在捡起这张广告时，张小禾发现满地都是别人丢弃的广告纸。看见这么多纸，张小禾心动了，张小禾随后一一捡了起来。很快，张小禾手里有了一大摞了，拿不下了。有人扔了一个编织袋，张小禾见了，赶紧捡了起来。有了这个编织袋，张小禾可以捡很多广告纸了。张小禾后来在街上到处走着，不仅捡那些广告纸，还捡别人丢弃的纯净水瓶、酸奶瓶以及废铜烂铁等等，什么都捡。

张禾又找到一份工作了。

泡　脚

老土一个中学同学在城里当领导。有一天，领导请几个同学吃饭，老土也去了。本来，老土在乡下，领导没叫他。但那天老土刚好去城里看另一个同学，这同学是领导请的同学之一，于是就把老土一起带了去。

请客的地方在一家五星级酒店，进酒店时，老土看见几个同学个个衣服笔挺，皮鞋锃亮。只有老土，身上穿着皱巴巴的衣服，脚下是一双褪了色的解放鞋。老土看见同学个个昂首挺胸，只有老土，头都不敢抬。

这餐饭倒没吃多久，两点就结束了。在这样的地方，老土很不自在，一散席，老土就想走人。但领导喊住了老土，领导说："你去哪儿，我们还要去泡脚哩。"

老土不知道泡脚什么意思，老土说："这个泡……脚，我就算了吧？"

几个同学就一起说："怎么算了呢，一起去。"

老土就随了同学，一起去。

其实也没出酒店大门，只进了电梯。也不知上还下，一会儿就到了。坐下后，老土才知道泡脚就是洗脚。一个小姐，端一大盆水过来，帮老土洗脚。老土把脚放在水里，让小姐洗着时，在心里骂起来，说他妈的这城里人真会享受，洗个脚还要找一个漂亮的小姐来洗。正在心里骂着时，小姐忽然就说话了，小姐说："这位先生，你的脚要修吗？"

老土吓了一跳，不知怎么回答好。

小姐又说："我看你还是修一下吧，你脚上长满了老茧。"

老土还是不知道怎样回答，但这时边上一个同学插话说："我们老土同学没泡过脚，你帮他修吧，好好修一下。"

小姐就去拿了一大堆刀子剪子什么的过来，然后把老土的脚捧在怀里，绣花一样认真起来。但小姐一边绣着时，嘴也没闲，小姐说："这位先生脚上的老茧真多。"

老土就说："别人脚上没有这么多茧吗？"

小姐说："没有，我还没见过谁的脚上有这么多茧。"

边上同学又插话了，同学说："你当然没见过这么多茧的脚，一般来泡脚的都是城里人，城里人脚上哪会长这么多茧，我们老土同学是农村来的，农村里的人，茧当然多些。"

小姐就笑着说："难怪。"

老土脚上因为茧多，修起来就特别慢。别人都修好了，老土连一只脚都没修好。领导和那些同学当然没有空等，他们跟老土说："我们先走一步，你慢慢修，所有的费用都交了，修好了，你走人就是。"

老土说："谢谢老同学。"

那些同学走了好久，老土的脚才修好了。老土看见，被小姐割下的脚皮，有一大堆。小姐看着那一堆脚皮，跟老土说："你的脚皮真多，我们这里还从来没修出过这么多脚皮。"说着，小姐就给老土穿好了袜子，穿好了鞋子，然后跟老土说："好了。"

老土就坐起来，然后站起来。但迈脚要走时，老土一个趔趄，跌倒了。老土不知怎么回事，爬起来迈脚又走，但也是没走一步，又跌倒了。

小姐也不知怎么回事，小姐说："你怎么啦？"

老土说："我怎么觉得脚上没力，好像这脚不是我的脚？"

随后，老土爬起来仍要走，但就是不会走，迈一步就跌倒在地。如此几次，都一样。小姐看看不行，喊来了领班。领班知道老土是领导带来的，领导是这儿的常客，领班有他的电话，领班于是打了领导的电话，然后说:"张部长,你快过来,你那个同学不会走了!"

老土那个当领导的同学几分钟就到了,领导让司机把老土搀扶了下去,然后又让司机把老土送了回家。

老土在家里休息了好几天,下地走路还是飘飘的,歪歪倒倒。老土的老婆见了,很生气。老婆骂着说:"你以为你是城里人呀,修脚那种地方你也去?城里人修坏了脚,有小车坐,你把脚修坏了,不要作田呀?"

搬　家

　　她第一次去男朋友家里时，路过了一片高档住宅小区。她以为男朋友住这里，眼里明显有了光彩，她甚至跟男朋友说你住这里吗，怎么没听你说过？男朋友没作声，默默地把她带到高档住宅区边上的一幢灰不溜秋的矮屋前，男朋友说："我住这里。"

　　她眼里黯然失色了。

　　在男朋友家的几个小时里，她几乎没说什么话。百无聊赖中，她便在一张白纸上涂涂画画。画过，她自己看了都有些吃惊，她在纸上画出的，都是一幢幢高楼大厦。她学过画画，她能把那些高楼大厦画得非常好看。男朋友就在她边上，她随后指着她画的高楼大厦跟男朋友说："我这辈子最大的梦想或者说我这辈子最幸福的事。就是住上这样的高楼大厦。"

　　男朋友接过她的画，一张一张看着，然后说："我一定让你住上这样的房子。"

　　"真的吗？"她眼里又有了光彩。

　　"真的，我相信我一定能做到。"男朋友说。

　　在他们结婚后不久，他男朋友，不对，现在应该称为她的丈夫了，她丈夫兑现了他的诺言，他卖了那幢低矮的木屋，又借了很多钱，在那片高档住宅小区里买了一套房。拿到钥匙后，她和丈夫去看了房子。把门打开，她像个孩子一样，这间房子跑跑，那间房子跑跑，然后拥在丈夫怀里说："我们终于住上了这样的房子了，我觉得真幸福。"

丈夫说："你幸福，我就幸福。"

后来他们又借了些钱，把房子装修了，然后就搬了进去。搬进去后，她脸上每天都洋溢着微笑。那住宅区很大，到处栽了树，栽着花，还有小桥流水，亭榭廊台。她一有空，就到这些地方走走看看。为了看个够，有一天，她居然骑了自行车在小区里兜，她要把小区的旮旮旯旯都走个遍。但后来，当她从一幢楼边骑车出来时，一辆小车嘎地一声刹在她跟前。开车的人随后探出头来凶着她说："怎么在这儿乱骑车子呀，不是我刹得及时，你死定了。"

车上一个女的，也探出头来说："这儿怎么还有骑自行车的人呢，真是的！"

她傻在那里。

接着她发现，住宅小区里进进出出的，几乎全是小车。她认不出那些车，但她看得出那些小车非常好看。而像她这样骑一辆自行车的人，在小区里她没看到第二个。

随后几天，她越发验证了自己的发现。一个楼道里住了十几户人家，除她之外，几乎家家有车库，有小车。她走出来，身边来来往往的，都是小车。这些小车开得飞快，倏地从她身边开过。有一回，一辆小车挨着她倏地开了过去，虽然没擦着她，但也吓得她从自行车上跌了下来。一个保安见她跌了下来，非但不同情，还跑过来说："喂，谁叫你在这儿骑自行车？"

她说："我住在这里，不在这儿骑自行车在哪儿骑？"这个保安是第一天来上班的，保安说："这里也有骑自行车的人？"

她没理保安，黑着脸回家了。

回到家里，她仍黑着脸，丈夫见了，就说："怎么啦？"

她说："住在这里太压抑了，大家都有钱，就我们穷。"

过后，她不骑自行车了。

这以后，她每天上班下班或者说她每天进进出出都走路。丈夫看她走

·091·

路辛苦，就说哪天给她买一辆电动车。但她不要，她说电动车跟自行车有什么两样，要买就买汽车。但这是不可能的，他们买房子欠了很多债，装修又欠了债，他们不可能买得起车。买不起车就得走，进进出出都走路。这一天正走着，一辆车停在她跟前。随即，车里一个男人跟她说："上我的车吧，我搭你一程。"

她觉得不熟，愣在那里。

男人又说："我就住你对门，我们是邻居。"

她就上了车，坐下后，她问男人说："你这是什么车呀？"

男人说："宝马。"

她说："要多少钱呢？"

男人说："不贵，我这是国产宝马，才五十多万。"

她吓了一跳，她说："五十多万还不贵？"

她说着时，一辆车从对面开来，男人当然看见了这辆车，男人说："我这车算什么，你看对面那辆车，开车的陈总住你楼上，他那辆车是奔驰600，一百多万。"

她吓得不敢作声了。

这天回家，她见到丈夫的第一句话就是："这地方不能住了，我们搬家吧！"

几天后，她真的搬走了。

摆　脱

男人是偶然认识云的,在一起总共说了还不到三句话。过后,男人居然给云发短信,说他爱上了云。云大吃一惊,云回复说这怎么可能呢?我们只见过一面。男人在短信里说这怎么不可能呢,什么叫一见钟情,这就叫一见钟情呀!

过后,男人不停地给云发来短信,表达他的爱意,来看下面这条吧:

不一定要看见／只须想起／心里就甜蜜

不一定要靠近／只须遥望／心里就充实

真的有这样一个人／我不说出她的名字／你也知道她是谁

不信／你抬头看一看天

你看到了吗／有一片云／最美

这还算含蓄的,下面这条,就露骨了:

有时候呆呆地看云,云卷云舒,那是世上最美的景致;那天见到你,忽然就觉得一片美好的云飘在我心里了。我知道,这是爱的感觉。认识你,将会改变我的一生。

云当然拒绝了男人,从一开始,她就通过短信明白无误地告诉了男人以下三点:

一、她从没有过找婚外情的想法。

二、她根本就看不上男人。

三、即使遇上她看上的男人,她也绝不可能背叛自己的丈夫跟男人好。

这三点没给男人一点余地,按说男人应该放弃,但男人很固执,仍然不停地给云发短信或打电话。有时候,还买了东西给云。比如给云买阿迪达斯或耐克的衣服和鞋子。云不接受,男人放下东西走人。这样缠着,云就很烦了。云有一天扔了男人的东西,云说你死了这条心吧,我不可能会跟你好。男人似乎很有耐心,男人说我真的爱上了你,我会慢慢让你爱上我。云就很生气了,但面对这样死缠烂打的一个男人,云觉得她有些无可奈何了。

云愁死了。

云一个同学,有一天看见云愁眉苦脸的样子,同学问云发生什么事了?云告诉同学,有一个男人看上她了,天天死缠烂打。同学说这是好事呀,你还愁眉苦脸?云说我根本不喜欢那男人,即使喜欢,我也不会背叛我老公去跟她好。云的同学就说没想到你还这样贞洁呀,现在这样贞洁的女人难找了。云说我都愁死了,你还有心开玩笑。同学没理会云,只问着云说这个男人是不是大老板呀?云说好像不是。云说你让她打十万块钱给你。云说你疯了,我这里都愁摆脱不了他,还要他的钱?同学说你按我的话去做吧,你不是要摆脱他吗,我看这是最好的办法。

同学的话才说完,男人又发了短信过来。云看也没看,就把手机递给同学,然后说:"他又给我发了短信来。"

同学接过手机,看见是这样几个字:

我真的很爱你,从见你第一面起,我就知道我无可救药死心塌地地爱上了你。

同学手指一动,回了这样一条短信过去:

我真的有些感动了,但我目前遇到一件麻烦事,我需要钱,你能给我十万块钱吗?如果你能给我十万块钱,我可以考虑跟你好。

这条短信回复后,男人没再发短信过来。

同学没看到男人的短信,又发了一条过去:

怎么哑巴了？

男人回复了，是这样几个字：

你让我很失望。

同学又发过去：

怎么啦？

男人回复了：

我现在很讨厌你了，有两条理由：

一、钱夹在爱情里面，爱情就俗了，我不需要一个低俗的爱情。

二、女人伸手向男人要钱，那就不是爱情而是交易了，我不会做这样的交易。

同学没放过男人，同学又发一条短信说：

你是不舍得钱吧？

男人回复说：

随你怎么想。

游戏到这里，就结束了。

同学随后笑着把男人的短信翻给云看，云看后，也笑了。

对云而言，她算是摆脱男人了。但对男人而言，他还没有开始，就已经结束了。

小　品

　　单位要举办一场文艺晚会，她参加了，被指派和一位男同事演一出小品。但排演了几天，导演对她很不满意。尤其是有一节，导演说她演的一点都不到位。

　　来看这一节：

　　女：你给我站住，你以为你的事我不知道，你外面有了女人，你们经常约会，经常看电影，打网球。

　　男：你别听人家乱说。

　　女：我不是乱说，我亲眼看见你们手拉手走在一起。

　　男：你看错了人吧？

　　女：我也希望我看错了，但我没看错。

　　男：既然你知道了，那我们离婚吧。

　　女：离婚，你这么轻而易举地说出要离婚？

　　男：这是迟早的事。

　　女：我不会同意，坚决不同意，你不让我好过，我也拖着你，让你不好过。

　　每次表演到这里，导演就大喊一声停，导演说："你表演起来怎么嘻嘻哈哈的，你应该生气，还有些伤心。"

　　她说："我是在生气呀。"

导演说："你脸上还带着笑容，这是在生气吗？"

导演又说："回家去好好练练吧！"

她记住了导演的话，回家后真练了起来。那是吃过晚饭后，丈夫要出去，她没管丈夫，在客厅里开始练起来：

她说：你给我站住。

丈夫开了门，要出去，她这一喊，丈夫真站住了。

她又说：你以为你的事我不知道，你外面有女人了，你们经常约会，经常看电影，打网球。

丈夫把门关了，丈夫说：你别听人家乱说。

她说：我不是乱说，我亲眼看见你们手拉手走在一起。

丈夫说：你看错了人吧？

她说：我也希望我看错了，但我没看错。

丈夫说：既然你知道了，那我们离婚吧。

她说：离婚，你这么轻而易举地说出要离婚？

丈夫说：这是迟早的事。

她说：我不会同意，坚决不同意，你不让我好过，我也拖着你，让你不好过。

说着时，她忽然觉得不对劲了。她意识到，站在跟前的人不是演小品的同事，而是丈夫。丈夫从来不知道她在单位排小品，更不知道小品的台词。那么，她在说台词时，丈夫却是来真的，或者说她在做戏，丈夫却不是在做戏。明白了这点，她忽然意识到丈夫在外面真有女人了。她立即生气了，很生气。她扔了一只茶杯，又扔了水瓶，还踢翻了几只凳子，然后指着丈夫骂道："李强生，你是王八蛋，你想离婚，死了这条心吧！"

说着，她呜呜地哭起来。

再排演时，导演说她演得非常到位。导演说："对，就该这样，你听说自己的丈夫在外面有女人后，很生气，很伤心。"

她在导演说着时，真的伤心了，她眼睛一红，哭着跑走了。

她后来终于没去演那出小品，丈夫天天和她闹离婚，搅得她一点心情都没有。那出小品，后来改为另一个同事演。但那个同事演得一点都不好。很多同事看过那同事演出后，都跟她说："你演得好，你怎么不演呢？"

她说："我在演呀，天天都在演。"

这话，没多少人听得懂。

被风吹走的快乐

他看见一个快乐的女孩,女孩看见一个人,笑着,又看见一个人,也笑着,再看见一个人,仍笑着。一句话,女孩看见所有的人,都面带笑容。那地方是公园,公园隔壁是一所大学。他估计,女孩是大学里的新生。他明白,只有刚刚踏进大学校门的人,才会这样满脸阳光,一脸灿烂。

他的估计没错,当女孩又一次微笑着走近他时,他问女孩是不是新来的大学生。女孩笑着点头,很肯定地回答了他。

公园和大学有一条路通着,这样,就有很多大学生喜欢到公园来。他几乎每天都到公园里锻炼,这样,他就有机会再见着女孩了,而且不是偶然见着,是经常见着。女孩见了他,还那样笑着。多见了几次,他和女孩就有些熟悉了。一次笑过后,他又问起女孩来,他说:"小姑娘来自哪里?"

女孩说:"江西。"

他说:"江西哪里?"

女孩说:"资溪乌石。"

他知道乌石这个地方,知道那是大山里。

他后来还问过女孩学的是什么专业。女孩回答说艺术设计。他听了,当即愣在那里。女孩来自贫困的山区,家里的经济状况肯定不会太好,这从女孩的衣着上看得出来。他这样想着，问起来，他问女孩家庭条件好不好？女孩说不好。他听了，为女孩担忧起来，他不知道女孩这几年靠什么去完成学业。但女孩好像没考虑过这些，他每次看见女孩，女孩都面带笑容，把快乐写在脸上。他有一次看着女孩，认真地想起来，他想一个来自贫困山区的女孩，她真的会快乐吗？有一次这样想着时，他问起女孩来。他说："看见你天天笑着，你真的快乐吗？"

女孩说："真的快乐。"

女孩没有骗他，女孩真的快乐。从很小起，女孩就快乐。女孩在山里砍柴，放牛，采山上的野果，除了读书，女孩每天都做着这些事。女孩做这些事时，总是快快乐乐的。到后来考取大学，女孩就更快乐了。但他却断定女孩不快乐，他认为女孩家里条件差，又来自贫穷的山区，跟城里女孩比，有很大的差距，跟城里条件好的女孩比，差距就更大。基于这样的分析，他认为女孩不快乐。得出这个结论后，他忽然同情起女孩来。再见着女孩，虽然女孩还笑着，但他却会在心里发出感叹来，他在心里跟自己说："多好的女孩啊，怎么会生在山里的穷人家呢？"

再来说说他，他是一个在事业上很成功的男人。他开了很多家公司，财产上千万，完完全全是个富翁。他是因为最近一段时间身体不大好才来公园锻炼的，也因此认识了女孩。从开始同情上女孩后，他就觉得应该帮帮女孩。这点他做得到，钱对他来说不是问题。这后来的一天，他跟女孩说："如果我跟你说，我想帮助你，你不会拒绝吧？"

女孩听是听明白了，但女孩不知如何作答，只愣在那里。

他继续说："多好的一个女孩呀，怎么就生在山里的穷人家呢，我估计你家里以后都没有经济能力让你完成学业，所以我想帮你。"

女孩还是不知怎样作答，但女孩心里已经很感动了。

毫无疑问，女孩遇到贵人了。不错，他随后就给了女孩好几千块钱。在以后的几个月里，他还给了女孩不少钱。不仅如此，他还多次带女孩去高档宾馆吃饭，给女孩买名牌衣服和时尚手机。他还带女孩去过他住的地方，那是一幢非常漂亮的别墅。女孩见了，当即惊叹起来，女孩说："哇噢,这样漂亮呀!"

这年寒假,女孩回家了。到家后女孩忽地觉得不对劲了,女孩觉得村里破破烂烂,家里也一样,房子乌黑,到处倒篱烂壁。再想想城里人家的别墅,女孩心就寒了,觉得自己的家太穷了。再看看父母,穿着满身补丁的衣服,一身泥巴,要多难看有多难看。

女孩皱起了眉头。

皱起的眉头是心里的结,女孩心里有了结,她不可能像从前一样快乐了。

女孩后来经常皱着眉头,女孩现在心里有怨恨了,女孩怨恨自己出生在那样贫困的山区,出生在那样穷的人家。他也看见女孩经常皱眉,但他不明白女孩为什么皱眉。他仍一如既往地资助女孩,给女孩钱,给女孩买好东西。他认为女孩有了钱,就不会皱眉,就会快乐。

但这已经不可能了。

女孩第二年寒假回家时仍不快乐,其实这时他已经给了女孩很多钱,女孩有了钱,应该快乐,但女孩就是快乐不起来。女孩走在村里,看见满地的烂泥,满地的鸡屎狗粪,女孩便皱起了眉头。女孩很想让自己快乐,让自己像从前一样快乐,女孩想象以前自己在山脚下放牛,在山上砍柴、采野果,女孩觉得那时候才是真的快乐。女孩为了找回这样的快乐,有一天也上山了。但在山上才走几步,就被山上的蔷薇把她身上价格不菲的衣服裤子刮烂了。

女孩的眉头又皱了起来。

女孩这天做了个梦,梦见她快乐地放着牛,快乐地在山上砍柴,快乐地采摘着山上的野果。但一阵寒风吹来,把女孩冷醒了。

女孩醒了后明白,快乐对她来说,已经是一个遥远的梦了。

下岗的男人

男人满脸横肉，一副凶相，让人觉得是个坏人。但男人不是坏人，男人是个下岗工人。男人下岗后做过保安，但没做多久，男人就做不下去了。那是一家儿童乐园，男人的样子让很多孩子害怕，孩子一看见他就紧张，有些孩子甚至被吓哭了。这样，男人就无法做下去了，男人很快被人辞退了。男人后来还开过摩的，但也没做长。男人一副凶相，很少有人走近他或者说没多少人敢坐他的摩托。男人有时候见人走近，会问一句坐摩托吗。多数人不睬男人，绕着走。但有一次一个人开口了，这个人说你这样子像个强盗，谁敢坐你的摩托。这样，男人这事自然也做不长。何况开摩的是私自营运，抓到一次，罚款二百。男人罚了几次，觉得做这事很没意思，不做了。再后来，男人卖起晚报来，男人卖报的样子很滑稽，一个五大三粗的汉子，满脸横肉不像个好人，却一天到晚拿着报纸在街上喊："卖报呀，侈城晚报，每份五角。"很多人都看着男人笑。男人也明白自己做这事不协调，再加上卖报纸利润很薄，男人东奔西走在外一天，嗓子都喊哑了，却很难赚到十块钱。因此，男人报纸也没卖多长时间就不卖了。

有一段时间，男人无事可做。

男人无事可做就坐了公交车到处去，男人的目的很明确，他想到处瞧瞧，看看什么地方能找到适合自己做的事情。但兜了几天，男人一无所获，男人没找到适合自己做的事。不仅如此，男人有一天还把身上的几十块钱被人偷了。男人在车上就发现钱不见了，便骂起来，大声说："哪个王八蛋偷了我的钱？"但男人白喊了，车上没一个人作声。男人看见大家都是冷血动物，就在车上骂骂咧咧，也不知他是骂贼还是骂车上那些人。

到站时，男人下车了。

一个女人跟着男人下来，这女人喊住男人，跟他说："其实小偷偷你的钱包时，车上很多人都看见了。"

男人说："这些人为什么不把贼捉住？"

女人说："现在的人都明哲保身，哪有人管别人的事。"

男人"操"一声。

这女人好像认得男人，她接着跟男人说："你好像下岗了，是吗？"

男人点点头。

女人又说："找到什么事做吗？"

男人摇摇头。

女人说："我想让你做一件事，不知你愿不愿意？"

男人说："当然愿意。"

女人说："我是公交公司的，我想让你在公交车上抓贼。我们公交车上的贼太多了，乘客意见很大，我们整治过，公安也多次跟车抓过，但收效甚微。公安一不在车上，贼就猖狂，你的样子很凶蛮，个子也大，你在车上抓贼，可能有一定的震慑作用，不知你愿不愿意。"

男人这会恨透了贼，他立即同意了。

男人第二天就上车了，男人在车上一留心，就发现车上有很多贼。那些贼专往人多的地方挤，然后把手塞进人家的皮包或用刀片割破人家的口袋。车上很多人其实都看见了，但没人作声。有些人见了，把眼睛转开。有些人干脆眼巴巴地看着，但无动于衷一声不吭。

男人是在车上抓贼的，他不能无动于衷。

男人很快就发现一个贼挤在一个女人身后，男人也跟了过去。不一会，贼就伸手了，往女人口袋里放。男人这时也伸出了手，把贼的手捉住了。但贼并不把男人放在眼里，贼很张狂地说："你捉住我的手干什么？"

男人说："你偷东西。"

贼说："谁偷东西啦，谁证明。"

男人就让被偷的女人证明，但女人看也不看男人，只说："我的包在身上，没人偷我的东西。"

男人说："不是我捉住他，你的包就被偷了。"

女人说："我才不相信哩，看你的样子，也不是个好人。"

男人气得几乎七窍生烟。

好多天了，男人在车上捉住一个一个贼，但每个人都是一副事不关己的样子。而且，很多人都跟那个女人一样的看法，觉得男人也不是个好东西。男人一上车，他们就防着他。甚至当男人捉住贼时，他们也觉得是演戏，没多少人答他们的碴。有一次，这样的戏还真演了一回，男人捉住一个贼，当男人和贼扭着时，另一个贼趁大家不注意，把一个人的皮包偷了。被偷的人也是一个女人，女人大喊大叫说我的钱包被贼偷了，同时一双眼睛恶狠狠地瞪着男人，男人明白，在女人眼里，做贼的是他。

男人觉得这事做得很无意思。

男人后来就松懈了，他也很少去管了，只在车上坐着。车上永远都有很多贼，但没人去管，只要不是偷自己的，谁都会装聋作哑。有一个孩子，没有这样，他看见贼偷东西，叫起来。结果，小孩挨了一巴掌。

这巴掌，不是贼打的，是小孩的大人，打了孩子一巴掌。

男人明白了车上那些贼为什么那么猖狂。

这后来的一天，男人上了车，车上很挤，男人挤在一个胖子后面。男人看看胖子，居然发现胖子口袋里有一个钱包。

男人悄悄把手伸了过去。

男人边上有人看见了，男人发现有人看他，很害怕。但这个人居然看都不敢看，只把眼睛移开了。

男人胆大了，伸两个指头把胖子口袋里的钱包夹了出来。

男人也是个小偷了。

品牌男人

　　品牌男人是指那些只穿品牌衣服的男人。这类男人对穿着的衣服要求很高，天冷的季节，他们穿的是皮尔卡丹、金盾、梦特娇和苹果。不是那种一百块钱就能买一件的假冒货，是正宗的原装进口，价格不菲。天热的时候，他们穿耐克、阿迪达斯。从头到脚，一身的运动休闲。把这些衣服一穿，品牌男人便个个笔笔挺挺，帅帅气气，像模像样了。

　　品牌男人走出来，个个心情极好。他们时刻会想着穿在自己身上的是品牌衣服。这样时刻关心着自己的衣服，也会时刻关心别人穿在身上的衣服。看见迎面走来的人，也穿着自己一样的衣服，品牌男人便会看着对方笑一下。当然，这种笑在脸上极难察觉，只是嘴角动了一下，脸上的肌肉舒展了一下，这是一种在心里的笑。如果看见迎面走来的人穿在身上的衣服很一般，品牌男人便面无表情了。但品牌男人心里不会无动于衷，他们心里很看不起这些人，知道这是一些混得不怎么样的人。也有些人，比如干粗活的人，一身的泥浆，或者扛了水泥包的人，蓬头垢面的。这样的人迎面走来，品牌男人便很小心了。老远，品牌男人便看见他们了，品牌男人很小心地避开他们，生怕磕碰着他们。甚至，怕他们突然在身上拍打，弄得灰尘四起。为此，品牌男人多半会走开来，离得他们远远的。

　　品牌男人走出来，个个斯斯文文。他们走路的步子不会迈得很大，他们抬头挺胸，走得不紧不慢。品牌男人说话也不会粗声大气，他们说话的声音，不高不低，不快不慢，温文尔雅。品牌男人在外面办事，成功的概率很高，他们的一身衣服在帮他们说话，皮尔卡丹、金盾，这不是一般人能穿得起的。对方看出了他们的身价，也看出了他们的气度不凡，于是网开一面。品牌男人希望所有的人都知道他穿的是品牌衣服，有熟人在街上碰见他们，熟人打量着品牌男人，然后突然说一句："你穿的是皮尔卡丹嘛。"或者说："你穿的是金盾呀。"品牌男人听了，心里美滋滋的。于是品牌男人对这个熟人格外客气，伸手在对方身上拍着，做亲热状。但不是每个人都识得皮尔卡丹金盾梦特娇，有人不认得，他们对品牌男人身上的品牌衣服视而不见，让品牌男人心里很不是滋味。他们很想找机会告诉对方，说我身上穿的衣服是什么什么，但始终找不到机会，于是作罢，但心里，很是失落。品牌男人有时候也会跟人发生争执，有人动手动脚，伸手去拉品牌男人的衣服。这时候品牌男人便勃然大怒了，品牌男人会大声说你动手拉我的衣服，你知道我这是什么衣服吗？皮尔卡丹的，三千多一件，你拉坏了，赔得起吗？这话还真有奏效的时候，对方不敢动手了。甚至，对方从品牌男人的衣服上看出了品牌男人的身价，于是声音低下去，气短了几分。

　　当然，品牌男人走出来也不是一好百好。衣服太贵重了，便让人珍惜。人太多的地方，品牌男人不敢去，怕挤皱了衣服。品牌男人一般不坐公交车，车上人多不但会挤皱了衣服，车上甚至有小偷，会从什么角落伸一把小刀出来，割坏了他们的衣服。品牌男人也怕下雨，遇到下雨，他们没带伞的话，就要在街边耐心等待。而另一些男人，他们是不在乎小雨的，他们没撑伞就从品牌男人跟前跑过去。地上有水被踏踏地溅起来，品牌男人怕溅着，慌慌地退到商店里去。品牌男人走在河边，也会碰到有人落水的时候，品牌男人也要脱衣服，要下水救人。但忽然，品牌男人想到身上的衣服是皮尔卡丹的，是金盾的，品牌男人怕衣服放在路边被人顺手牵羊。这样想着，品牌男人犹豫起来。这一犹豫，落水的人被别人救了起来，品牌男人立即把还没脱下的衣服穿好，然后和其他人一道，一起伸手把落水的人拉起来。品牌男人还看见一个小女孩把风筝挂在树上，不是太高，只要爬一爬树，就拿得到。但品牌男人爬不上去，品牌男人根本不敢抱着树爬，这样品牌男人的衣服就完了。品牌男人不敢爬，别的男人敢爬，别的男人三下两下就爬上去把风筝拿了下来。品牌男人站在边上，惭愧地低下了头。

　　品牌男人也有碰到强盗抢东西的时候。品牌男人和其他人一样，也去追，但品牌男人跑不快，那品牌衣服好像箍着他们。忽然，强盗拐了个弯，朝品牌男人跟前跑来。品牌男人这下该出手了，品牌男人一把拉着强盗。但强盗是个亡命之徒，他忽然当胸抓住品牌男人，还说你找死吗。说着，挥拳就打。正打在品牌男人的鼻子上，鼻血就流了出来，流在衣服上，裤子上。但品牌男人这时顾不了衣服了，他只拉着强盗不放。强盗要挣脱，死命推他，但怎么推，品牌男人还是不放手。这时候众人一拥而上，把强盗制服了。有人赞扬品牌男人，说他见义勇为。但品牌男人居然没听到，品牌男人这时候发现他的衣服面目全非了，皱皱巴巴的，还到处是血迹。品牌男人心痛了，觉得这身品牌衣服被毁了。

　　其实没毁，品牌男人把衣服拿到干洗店去洗。几天后再穿时，衣服干干净净了，一点痕迹也没有。品牌男人走出去，依然笔笔挺挺，帅帅气气，像模像样。

绑　架

小羊到亚子家里去玩，小羊只有十一岁，亚子十二岁，两人是同学，经常在一起玩。在亚子家里，两人玩了一会玩具，觉得没什么味，便不玩了，坐在客厅里看电视。电视里在演一个人被人绑架了。亚子当时嘴里吃着巧克力，看得漫不经心。但看见电视里有人绑架了，亚子被吸引了。

以下是电视内容，亚子每个字都听在了心里：

画面是绑匪打电话给一个姓钱的老板，绑匪说："钱老板吗，你儿子已经在我手里了，如果你想让你儿子活着回家，拿五万块钱给我。"

钱老板两只手抖动得厉害，钱老板说："你是谁呀，你为什么要绑架我的儿子？"

绑匪说："你这话问得傻不傻呀，我会告诉你我是谁吗，我绑架你的儿子只是为了钱，你把钱准备好，一个小时后放在桥头垃圾桶里。记着，你千万不能报警，你一报警，我立即撕票。撕票你明白吗，就是杀了你儿子。"

绑匪说着放了电话，接下来是钱老板一家人的画面。这一家人急得团团转，每个人都万分焦急。他们有的说应该赶快报警，有的则说千万不能报警。争了好一会，还是钱老板拿了主意，他说："这事千万不能报警，我们在明处，绑匪在暗处，万一绑匪知道我们报警，绑匪便会撕票，这步险棋不能走，五万块钱赚得回来，我们去银行里取钱吧。"

接下来是他们去银行取钱的画面,接着,他们把钱扔进了绑匪指定的垃圾桶里。

看到这里,亚子撇了撇嘴,亚子说:"这些大人的钱也太好拿了。"

亚子还说:"这样容易,我也拿得到那些大人的钱。"

亚子这话是说给小羊听的,但小羊看得很投入,他只听到亚子好像在跟他说话,但没听清亚子说什么。小羊在亚子说过后回了回头,他看着亚子说:"你说什么?"

亚子说:"我说这些大人的钱真好拿。"

小羊听不懂,他没再问,继续看着电视。

亚子见小羊没有反应,便起身了,去了他父母的卧室。

这里有一部电话。

亚子在这里打起电话来。

亚子嘴里含着巧克力,尽量模仿着电视里那个绑匪的口气,亚子说:"胡老板吗,你儿子小羊已经在我手里了,如果你想让你儿子活着回家,拿一万块钱给我。"

电话里说:"你是谁呀,你为什么要绑架我的儿子?"

亚子尽量装着大人的口气说:"你这话问得傻不傻呀,我会告诉你我是谁吗,我绑架你的儿子只是为了钱,你把钱准备好,一个小时后放在国光超市门口的垃圾桶里。记着,你千万不能报警,你一报警,我立即撕票。撕票你明白吗,就是杀了你儿子。"

电话里说:"好好,我给你钱,但你千万要保证我儿子安全。"

亚子说:"这个你放心,你给了钱,我保证不动他一根毫毛。"

亚子说着,放下电话回到了客厅。小羊还在认真看着电视,亚子看看小羊,问他说:"那个绑匪拿到了五万块吗?"

小羊说:"拿到了。"

亚子说:"我说了,那些大人的钱太好拿了。"

亚子说着,坐在小羊身边,也看起电视来。

大概一个小时后,电视演完了。小羊起身要走,亚子说我跟你一起出去。说着，亚子开了门，跟小羊一起走了出来。

他们楼下就是国光超市，门口有一个垃圾桶。亚子带小羊往垃圾桶跟前走去。到了，亚子果然看到里面有一个报纸包好的纸包。亚子于是指了纸包跟小羊说："里面有一个纸包？"

小羊也看到垃圾桶里有一个报纸包的纸包，而且这个纸包包得工工整整的。小羊有些好奇，弯腰捡了起来。捡起来后，小羊要拆开来看。但亚子拦住了他，亚子说："这里面的东西肯定有用，你带回家去吧。"

小羊一向听亚子的，小羊便没拆包，把它带回家了。

小羊回到家时，一家人都很惊喜，他们说："你没有被人绑架？"

小羊说："绑架，谁被绑架？"

接着，他们看见小羊手里的纸包。这东西他们眼熟，因为那是他们包的。见了这个纸包，他们太意外了，急忙问着小羊说："你这东西哪里来的？"

小羊说："垃圾桶里捡的。"

喝 酒

　　他去一家叫红楼的酒店喝酒,这是一家上档次的大酒店,每天人来人往生意好得很。进了酒店后,他立即在走来走去的人里看到一个熟人,便过去打招呼,握手,还说:"你在哪间,等下我过来敬酒?"

　　熟人当然告诉了他。

　　酒喝了一半,他摇摇晃晃端着酒杯去敬酒。但他走错了,他推开一个包间,见一桌人喝得热火朝天,但里面没有他的熟人。正想退出来,但里面一个人发一声喊说:"这不是张部长吗?"

　　这一声喊过,一桌的人全下来了,都说:"张部长来敬我们,快请上坐。"

　　他说:"我不是张部长。"

　　一桌的人不听,把他往主座上推,仍说:"张部长坐坐。"

　　他说:"我不是张部长。"

　　一伙人还是不听,硬是推推搡搡把他按在主位上。

　　坐下后,他仍说:"我不是张部长。"一伙人就笑,然后说:"看样子张部长也醉了,连自己是谁都不知道了。"说过,这人跟一桌的人说:"来,我们敬张部长。"

　　敬过后,一个人又说:"张部长,尽管我们都是你提拔的干部,但你现在对我们肯定对不上号,我给你介绍一下。"

说着，这人逐个介绍起来。他听了，就知道这一桌都是领导，里面有一个赵局长，一个钱局长，还有孙局长、李局长以及吴主任胡所长马科长等等。才介绍完，一个人就举着酒杯说："张部长，我一向敬佩你的为人，现在我敬你，你意思一下，我喝光。"

这人敬过，一个人接着站起来，这人说："在我们市，张部长可以说是最得人心的好领导，这杯我干了，你意思一下。"

再一个人也站了起来，这人说："张部长口碑确实好，我喝光，你也意思一下。"

桌上十一二个人，每人都敬了他。但没完，一轮喝完，又有人站了起来，这人说："张部长，我再敬你。"

他说："不是喝了吗，怎么还敬？"

这人有些醉意了，这人说："我官当得没有张部长大，但要让我佩服的人还真不多，你张部长算一个，所以我要再敬你一次，这回，我喝三杯，你喝一杯就行。"

喝过，这人跟同桌说："下面我提议，我们再敬张部长都得喝三杯，张部长喝一杯。"

桌上有人马上响应，一个人说："好，张部长看得起我们，我们喝。"

立即喝了起来，赵钱孙李局长以及吴主任胡所长马科长等一个二个喝了三杯。他也得喝，一杯一杯喝，一轮下来，他喝了十来杯。但他有酒量，喝过，他摇摇晃晃起身要走，但桌上一个人仍说："张部长，我再敬你，能跟张部长在一起喝酒，是我们的荣幸，我怎么也得再敬你一次。"

他说："算了吧。"

那个人说："不，我一定要敬你。"

他说："这回怎么喝？"

那个人没说话，只拿起一瓶酒，用嘴把瓶盖撬开，然后才说话了，那人说："为了表示对张部长的敬意，我把这瓶白酒喝光，张部长你随意。"

· 112 ·

也不等他发话,那人头一仰,就把瓶子对着嘴咕噜咕噜地喝了起来。

又有一个人,也如法炮制喝了一瓶。

两人喝光,再没人作声了。

见没人作声,他作声了,他说:"还喝不喝,不喝我过去了?"

仍没人作声。

他起身了,离桌而去。

他才走,一个人头一栽,倒下了。

接着,又一个人栽下了。

第二天,那个张部长忽然接到一个电话,电话里说:"张部长不好了,昨晚跟你喝酒的人,有两个喝多了,醉死了。"

张部长说:"胡扯,我在北京学习,我跟谁喝酒啦?"

电话里说:"奇怪,那昨天跟我们喝酒的人是谁呢?"

然后,电话断了。

枣香婆

枣树花开得迟。

早春二月，多晴了几天，一些桃树就开花了，稍迟一些，梨树李树也开花了。桃树花艳，一片桃树把花开起来，灿灿烂烂红了一片天。梨花也艳，一片梨树开花了，远远看去，像一片白白的云飘在天上。桃树梨树开花时，枣树还是光秃秃的，没开花，也没长叶，像个打着赤膊的汉子。到五月了，枣树上才看得见细细的花。相比之下，枣树的花就很不起眼了，花很小，也不艳。一片枣树开花了，但站在远处，根本看不到那一树枣花。近了，看到花了，那一树细细的花，不辉煌也不灿烂。它默默无闻地开在树上，总让人视而不见。

也不是所有的人都对枣花视而不见，有一个老人，叫枣香婆，她就喜欢枣花。枣香婆门前屋后都是枣树，枣树花开了，老人就很高兴了，进进出出都要往树上看，不仅仅是看，是端详。看着时，老人脸上也开了一朵花。

常有些城里人走来，这些城里人认识桃树梨树李树，看见桃花开了，他们会说"去年今日此门中，人面桃花相映红"，看见梨花开了，他们又说"忽如一夜春风来，千树万树梨花开"，但他们不认识枣花，看到那细细的花，都会问一声："这是什么花呀？"

"枣花。"枣香婆说。

"哦，这就是枣花呀，不起眼呀。"

城里人似乎并不流连枣树，看一眼后，走了。枣香婆就有些失落了，她会大声跟城里人说："枣子熟了的时候，来吃枣子。"

城里人就感觉到老人的热心了，一个人说："你的枣子好吃吗？"

"好吃。"老人说。

城里人说："好，到时我们来吃。"

城里人随口说的一句话，枣香婆却当真了。此后，枣香婆就盼着枣子快快熟起来，也盼着城里人来吃枣子。但从枣树开花到枣子红了熟了，要好几个月。枣花谢了，枣香婆就看得见枣子了，只有米粒那么大，青青绿绿的。此后，枣香婆每天进进出出都要看一遍枣子，看着它们慢慢由小变大，由青变红。到十一月了，枣子才熟了。熟了的枣子半青半红，枣香婆没牙齿了，但还是会摘一个塞进嘴里，枣子其实不好吃，但枣香婆仍吃得津津有味的样子。

城里人来了，其实不是当时那几个人，但枣香婆觉得就是他们，枣香婆跟他们说："你们来了，吃枣子。"

几个城里人就眨着眼睛，互相看着说："我们来过这里吗，好像没来过呀？"

枣香婆不管他们来过没来过，摘了枣子给他们吃。几个城里人就把枣子往嘴里塞，但吃过，没一个人说好吃，他们说："这是什么枣，一点都不好吃。"

的确，枣香婆的枣子不好吃。

其实，不仅是枣香婆门前屋后的枣子不好吃，村里所有的枣子都不好吃。这枣子叫康枣，是乡下的土枣子，比不上超市里卖的蜜枣和脆枣，那些枣子又甜又脆，自从超市里有这些枣子卖，村里的枣子就没人吃了。家家门前的枣子红了熟了，都没人收没人管。熟透了，那些枣子就掉在地上，满地都是。枣香婆看见满地的枣子，觉得很可惜，她总是自言自语地说："这么好的枣子，怎么就没人要呢？"

枣香婆不会让自己的枣子落在地上，枣子完全熟了，她会打下来，然后端着枣子家家户户去，不管见了大人还是孩子，她都说："吃枣子。"

大多数人不要，他们也不给枣香婆面子，在枣香婆把枣子递给他们时，他们说："这枣子不好吃。"

枣香婆说："还好吃呀，你们怎么说不好吃。"

"好吃你就多吃点。"大家都这么说。

枣香婆是吃得多，但那么多枣子，她永远也吃不完。吃不掉，枣香婆就拿到城里去卖，但城里人似乎也知道她的枣子不好吃，半天也没一个人来买，偶尔有一个人走来，问着枣香婆说："这枣子好吃吗？"

枣香婆忙不迭地说："好吃好吃。"

那人就拿一个放嘴里尝，尝过，那人说："不好吃呀。"

又说："你这是王婆卖枣，自卖自夸。"

说过，那人走了。

枣香婆又忙不迭地喊住人家，枣香婆说："拿些去吃吧，不要你的钱。"

那人还是没回来。

这年，是枣子的大年，满树的枣子，把树枝都压弯了。枣香婆仍然把它们打了下来，枣香婆不想浪费那些枣子，学着做起红枣来，也就是超市里卖的那种经过加工的红枣。工序挺复杂的，先要在太阳下晒几天，然后放火上蒸，蒸好后，再拿出来晒。大家不知道她做什么，都问："枣香婆，你做什么呀？"

枣香婆说："做红枣呀。"

大家说："我们也做得出红枣？"

枣香婆说："做得出。"

果然，枣香婆真把那些枣子做成了红枣，做好后，枣香婆端着红枣家家户户去，不管见了大人还是孩子，仍说："吃枣子。"

有人看着那皱皱巴巴的枣，问她说："这枣子好吃？"

枣香婆说："好吃。"

· 116 ·

就有人接过往嘴里塞，然后说："好吃，真的好吃，像超市里卖的。"

枣香婆听了，笑了。

一个孩子在枣香婆笑着时说："枣香婆，你笑起来也像这红枣耶。"

解 释

　　早上上班时，他看见领导脸上擦伤了。擦伤的面积有一枚分币那么大，已经破了皮，有血从皮肤里渗出来。领导虽然对伤口作了处理，涂了碘氟，但依然可以看见领导脸上的血迹。而且，因为把碘氟涂在脸上，领导脸上这块伤口便更加显眼。这样显眼的伤口，他不可能看不见。他看见后，脱口就想问领导怎么把脸弄伤了。但话到嘴边，他又忍了回去。领导是位女同志，传说她们夫妻感情不好。他觉得自己这样贸然问一句，会让领导很难堪。

　　在他这样考虑的时候，领导从他跟前走了过去。

　　领导走开后，他也回到自己的办公室。但人虽然坐在办公室里，心却系在领导身上，或者说心里还想着领导脸上的伤口。对领导脸上的状况，他觉得不闻不问似乎也不妥。领导脸上有伤口，作为下属，也应该关心一下，问一问才对，不能视而不见。同时，他觉得领导虽然是领导，但作为一个女人，领导也是需要关心的。他记得有一次领导穿了一件新衣服来上班，他当时忙，没注意看。结果领导先开口问起他来，领导说你觉得我这件衣服还好看吗？他这才注意到领导身上的衣服是新的，他忙说好看。领导说你根本就没注意，只知道拣好话说。从这以后，他也会注意起领导来，领导穿了件新衣服，他会及时发现并说上一些好话。如果碰上领导脸色不怎么好，他便会说些让领导注意休息，不要忙坏身体这些话。现在，领导脸上有了伤口，这是件大事，他觉得怎么也应该过问一下。这样想着，他起身了，要去领导办公室，去问候一下或者说关心一下领导。但走到领导办公室门口，他犹豫起来，他觉得还是不能过问。他明显看出领导脸上的伤口是被人打的，谁敢打领导，那只有她的丈夫了。如果是领导被丈夫打了，自己还过去揭领导的伤疤，那显然会引起领导的反感。

这样想着，他不敢进去了。

很快，他回到了自己的办公室。才坐下，一个同事进来了。这是个女同事。女同事神神秘秘地走了过来，然后小声跟他说："你看见了吗，领导脸上烂了一块。"

他没作声。

同事又说："听人说领导昨晚和丈夫吵架，她丈夫把领导打成这样的。"

这回他开口了，他说："不要乱说。"

同事说："就是嘛，都这样说。"

同事说着，出去了。

同事出去了，办公室又是他一个人了。但他坐不住，他始终觉得自己对领导脸上的伤口不能不闻不问。还觉得自己作为领导的秘书，应该关心领导。可是，领导脸上的伤口是被她丈夫打的，刚才同事已经说得很明白了。这种情况下属去过问，确实不大好。这样想来想去，他去也不是，不去也不是。他只有在办公室里走来走去，来来回回。

这时候又一个同事走了进来，这同事几乎把刚才那位女同事的话重复了一遍，同事说："你看见了吗，领导脸上烂了一块。"

他没回声。

同事又说："听人说领导昨晚和丈夫吵架，她丈夫把领导打成这样的。"

这回他口气严厉起来，他说："不要乱说。"

同事说："就是嘛，都这样说。"

同事说着也出去了。

这个同事出去后不久，电话响了。领导打过来的，他才把话筒放在耳边，就听到领导的声音，领导说："你过来一下。"

他赶忙走了过去。

领导看见他，直截了当地问起他来，领导说："你没发现我脸上破了一块吗？"

他不好怎么回答，说看见了不好，说没看见也不好。好在领导没追究，领导只问着他说："听没听到有什么议论？"

他立即否认，他说："没有，没听到大家说什么。"

领导说："真的吗？"

他说："真的，真没听到。"

领导说："不议论是不可能的，我脸上明显烂了一块，别人不想入非非才怪呢，你给我想想，看通过什么方式帮我解释一下，以免一些人胡说八道。"

他听了，有些感动了，觉得领导对自己太信任了，他连忙点头，说一定帮领导解释好。

走出领导办公室时，他便想好怎么做了。

他没回自己的办公室，而是骑了自行车往一家药店去。在这里，他买了一瓶碘氟，然后，用棉签在脸上涂了一块。

随后，他回到了单位。

同事很快看见他脸上涂了一块，于是问起他来，都说："你脸上怎么也烂了一块？"

他说："跟我们领导一样，骑自行车摔的。"

意 外

　　女孩工作不久，就有一次出远门的机会，去乌鲁木齐开会，坐飞机去。女孩把这个消息告诉母亲时，做母亲的有些不放心了，母亲说："去那么远的地方呀，要当心哟！"

　　女孩说："知道。"

　　母亲又说："坐火车去还坐飞机去？"

　　女孩说："坐飞机去。"

　　听说坐飞机去，母亲就有些担心了，母亲说："不能坐火车去吗，听说飞机不安全。"

　　女孩说："飞机更安全，有资料表明，飞机的安全系数比汽车还高得多。"

　　母亲说："这怎么可能呢，在天上飞的东西，会比在地上跑的汽车还安全？"

　　女孩说："真的，坐飞机比坐汽车还安全。"

　　母亲说："我还是不放心呀，你一直都没出过门，这次一出门，就去那么远，还坐飞机在天上飞，想想都害怕。"

　　女孩说："没有什么好怕的。"

　　母亲还是有些害怕，女孩才出门，做母亲的就不安起来。母亲随后给女孩发了一条短信：不能改坐火车吗？

·121·

女孩回道：不能。

母亲又发了过来：在飞机上千万当心。

女孩立即回道：知道。

母亲再发过来：要系好安全带。

女孩回道：知道。

母亲接着发过来：不要把头探出窗外。

女孩回道：我想探还探不出去呢！

母亲继续发道：不要在飞机上走来走去，如果飞机翻来翻去，会磕到碰到。

女孩回道：这怎么可能呢，妈妈你好烦呀。

做母亲的确实烦，女孩在去飞机场的路上，就给她发了无数短信。女孩也一一回复了。后来，母亲又发了几条，居然没看到女孩回复。母亲不放心了，打了电话过去，但得到的回复是：您拨打的手机已关机。

母亲就坐立不安了，不知道女孩为什么关机。

其实女孩这时在飞机上，不能开手机。

母亲不知道这些，打不通女孩的电话，她真的很着急。女孩没有父亲，是母亲一个人把女孩带大的，母女俩相依为命，女孩从没离开过她。现在，女孩出远门了，电话又打不通，母亲就非常担心了，生怕女孩会出什么意外。

还真出意外了。

母亲那时候在街上走，走到家门口的时候，由于心里挂着女孩，便忘了看路。一辆摩托开了过来。在平时，母亲在外面走路时总是小心翼翼。但现在，母亲一心只想着女孩，她根本没注意路上的状况。摩托车开过来时，她也没看见，仍往前走，结果被摩托撞倒了。摩托车很快，人被撞得飞出了老远。那是在家门口，好几个邻居见了，他们慌忙喊起来说："哎呀，李嫂子被车撞了。"

还有人说："快打她女儿的电话。"

这时候是女孩下飞机的时候，女孩拿出手机，要告诉母亲她安全下了飞机。但刚刚开机,就有电话打了过来。女孩把话筒放在耳边,于是就听到一个邻居喊着说:"你妈妈出事了,被车撞了。"

女孩吓坏了,一接完电话,她就跟同行的人说:"我妈妈出事了,我要买飞机票赶回去。"

尾　随

贼在街上偷东西，街上有人看着他，但没人作声。一个孩子，没像其他人那样无动于衷，孩子看见贼偷东西，大叫一声说："你偷东西，你是坏蛋。"

贼随手打了孩子一个巴掌，还说："妈的，这么小就知道管闲事，找死呀。"孩子很小，只有五六岁。这样小的一个孩子，不可能一个人在街上，他母亲就在边上。这女人在孩子被贼打了一个巴掌后，也打了孩子一个巴掌，然后跟那个贼说："对不起呀，孩子还小，不懂事。"

贼没再发作，走了。

那贼不是一个人，是两个人。贼没走多远，跟他的同伴，也就是另一个贼说："看样子这女人是个胆小怕事的人，我们可以跟着她。"

说着，两个贼尾随在女人身后。

女人没发现两个贼尾随在她身后，女人随后还在说着孩子，女人说："下次千万莫管别人的闲事！"

孩子说："为什么？"

女人说："那些人都是亡命之徒，他们会拿刀杀了你。"

贼身上就有刀，一个贼听了女人的话，真把刀拿出来晃了晃，还笑。另一个贼也笑，小声说："到时候我们就拿刀吓一吓她。"

女人当然没听到贼说话，她送孩子去幼儿园。幼儿园不远，没走多久,就到了。看着孩子进了幼儿园,女人也就一个人走开了。

两个贼一直跟着女人,跟了很久,女人走到一条比较偏僻的路上了。贼觉得可以下手了,于是他们蹿上去,然后拿刀对着女人凶神恶煞地说:"站住!"

女人立即认了出来,那个拿刀的,就是刚才偷东西的那个贼。女人于是知道他们是尾随自己走到这儿的。女人当然想摆脱他们,女人想叫,而且喊了一声。贼听女人叫了一声,便把刀子顶着女人,然后说:"不要作声,作声我杀了你。"

女人不敢叫了,只结结巴巴地说:"别……别动刀子。"

贼说:"不杀你也可以,拿钱来。"

女人就把身上的钱拿出来,好几百块。贼嫌少,跟女人说:"就这一点点呀?"

女人说:"我身上只有这些钱。"

贼这时看见女人手上戴着一个戒指,贼于是跟女人说:"把你手上的戒指拿来。"

女人有些舍不得,没动。贼见女人不动,又凶着说:"听到没有?"

在贼说着时,忽然一个人走了过来,一个腰圆体壮的男人。贼见一个人走了过来,也有点害怕了,贼跟女人说:"不要出声,出声我杀了你。"女人就不敢出声了,但看着那个人,眼里露出求救的神色,他希望男人会出手赶跑两个贼或者把两个贼捉起来。但这只是女人的想象,那个腰圆体壮的男人根本没管别人的闲事,他看了看两个贼,也看了看女人,然后低着头快步走开了。

见男人走了,贼又跟女人说:"快把戒指拿来,不然,我把你手指剁下来。"

女人不敢不从,把戒指给了贼。

女人脖子上还有项链,贼伸手去扯,但这时又来人了。这回是一个女人牵着一个孩子,孩子见两个人围着一个女人,就说:"妈妈,他们在做什么呀?"

女人当然明白他们在做什么，女人慌忙把孩子拉走，还跟孩子说："快走，别管人家的闲事。"

说完，女人拉着孩子走开了。

女人和孩子才走开后，一个人又走来了。这人穿着制服。女人以为穿制服的就是公安，女人实在不想脖子上的项链被两个贼抢了，女人看见穿制服的人走了来，忽然推开两个贼跑起来，跑向那个穿制服的人，边跑边说："警察快抓强盗，他们抢东西。"

穿制服的人见女人跑来，忙说："我不是警察。"

幸好，贼没听到这话，贼也怕穿制服的人，他们慌忙跑了。

危险过去了。

女人迅速离开了那儿，但走在街上，女人不时地回头，她生怕还有人在尾随着她。

向往阳台

我无数次梦见我住上带阳台的房子,在梦里我会久久地站在阳台上,看天上飘过片片白云,看地上走过芸芸众生。我在阳台上养了许多花草,把阳台装饰得美不胜收。我还在阳台上挂了一只风铃,让阳台发出美妙的声音。可惜,这仅仅是梦,梦醒了我发现我们待在一间窄窄的屋里,我为此常常叹惜,对现实无可奈何。

我还无数次走近那些带阳台的房子,在那些带阳台的房子下,我会久久地举头仰望,看那些站在阳台上兴高采烈的大人孩子,看那些被花草装饰得美妙无比的阳台。有一户人家,真在阳台上挂了个风铃,微风吹去,"丁零丁零"的声音美妙无比。这时候我一脸的羡慕,迟迟不走。一个熟人,见我仰头张望,便问:"找人呀?"

我竟然点头,我说:"找我自己。"

有很长一段时间我反反复复把一句话说来说去。有人问我以后嫁一个什么男人,我说嫁一个住着带阳台房子的男人。我说这话时神情严肃态度认真,但很多人都当我在开玩笑。有人也开玩笑说:"有一个老头,住带阳台的房子,你嫁不?"

在我结婚那个年龄,真有人给我介绍过几个住着带阳台的房子的男人,但不知怎么阴差阳错,我与他们一一失之交臂,我最后只找了一个住着这么一间窄窄的房子的男人,带阳台的房子于是成了我一个长长的梦。

这个长长的梦做了很久很久，终于要结束了。

一天丈夫回来，说单位集资盖宿舍，问我集不集资。我说集，为什么不集，但一定要住楼上，要阳台。把集资款交上去后，我恨不得那房子气泡一样立刻吹起来，我几乎天天去看房子，有一天甚至去了三次，在我的焦急渴望中，房子真在我眼前童话般地立了起来。

我搬进新房是一个雨天，把一切收拾好后，我在阳台上站了很久很久。夜已深了，我眼里什么也没有。有风吹来，有雨飘来，我全然不顾。在阳台上我听到沙沙的雨声，这声音以往常听，但这一次我发现沙沙的雨声像乐曲一样让人痴醉。

我对阳台的体验仅限于这个落雨的漆黑的晚上。第二天一大早我又走上阳台，但楼上楼下"咚咚"的声音搅得我没一点心情，我俯身往下看了看，又仰头往上看了看，然后问他们，你们做什么呀？

回答："封闭阳台呀。"

我很奇怪，又问："干吗封闭阳台呢？"回答："都这么做。"

仅仅是两三天后，我发现我住的那幢房子所有的阳台都封闭了。封闭阳台的玻璃有花色的、黑绿色的、咖啡色的，既漂亮又气派。于是我的阳台相形见绌了，与周围的阳台格格不入。我和丈夫在楼下仰着头看了很久，最后丈夫说："怎么办呢？"

我也说："怎么办呢？"在我们发呆时，有好心的邻居走过，邻居说："你怎么不封闭阳台呢，都封了，你不封，显得寒酸。"

邻居又说："不要不舍得呀，钱是用的。"

我和丈夫相对无言。走上阳台时，我仰头看了看天，天上真的有片片白云飘过，这时候我真舍不得把阳台封掉，但转身看见周围芸芸众生时，我觉得这阳台不封不行。

我于是跟丈夫说："我们也把阳台封掉吧。"

几天后，我家的阳台封闭了。

我曾经向往阳台，拥有了，又亲手封闭了它。

一天在封闭的阳台里往外看,灰蒙蒙的天上不再有白云飘过,地上倒人影幢幢,但幢幢人影中我好像看见我自己了,原来我就是其中一员。阳台,又成了我一个长长的梦。

你以为你还能坐这儿吗

贼一早就潜进了领导办公室，这天是星期六，贼以为没人上班，但贼想错了，这天加班，贼才潜进领导办公室，就听到外面有声音。贼吓坏了，想开门出去，但才到门边，便听到门外有开锁的声响。贼脸都吓白了，小小的一间办公室，根本无处躲藏，情急当中，贼只好坐在办公桌前，手里拿着一张报纸看起来。随即，门开了，进来的是办公室主任。贼不是那种贼眉鼠眼的样子，这个贼肥头大耳，竟也有几分像领导。为此，主任进来，竟没发现里面是个贼而以为领导来上班了。见了领导，主任当然得打招呼，主任说："张局长早呀！"

贼说："早。"

主任又说："我来拿昨天那份文件。"

贼说："你自己拿。"

主任再说："领导嗓子不舒服吗，声音有些不对呀？"

领导说："昨天喝多了。"

主任没再说什么，就在桌上的文件夹里拿了一份文件，然后掩上门走了。

贼又想走，但这时进来了一个勤杂工。勤杂工提一桶水，手里拿一把拖把。把地拖了后，勤杂工开始抹桌子。抹了桌子，又抹沙发。抹好，还帮贼泡了一杯茶。做这些事，勤杂工花了五分钟。但这五分钟里，勤杂工一句话也没说。把事做完，就提着水桶出去了。

这里勤杂工才出去，又一个女人进来了，这女人一进来就盈盈地笑着，还说："张局长今天怎么这么早呀？"

贼说："没什么事，早点来。"

女人说："哎，你今天好像有点不对劲呀，我怎么感觉你不像张局长呢？"

贼说："我不像张局长像谁？"

女人说："像贼。"

贼听了，惊得就要跳起来。但女人并没注意，女人继续说："我觉得你就是贼……"贼听了，想夺门而逃。但女人接下来的话让贼大为放心了，女人说："你说你昨天蹑手蹑脚到我家来时，像不像个贼？"

贼回答说："是像个贼，但是淫贼，专偷你。"

女人说："难道就没偷别的女人？"

贼说："怎么可能呢？我只喜欢你。"

女人就笑了，然后也在桌上拿了一份文件，出去了。

女人出去了，贼又想走了，但贼没忘了打开抽屉，想偷点什么。

忽然又一个人推门进来了。

这回进来的就是张局长。张局长进来后看见桌前坐着一个人，以为走错了办公室，他转身就退了出去。但退出去后，张局长看见门上的牌子写着"局长办公室"。张局长于是断定自己没走错。他又走了进来，并看着坐在办公桌前的贼说："你是谁？"

贼说："你是谁？"

张局长说："我是这儿的头，你坐的位子是我坐的地方。"

贼说："你以为你还能坐这儿吗？"

这话一说，张局长心惊肉跳了。张局长前不久拿了一个开发商二十万，钱拿过后，张局长整天提心吊胆，生怕那开发商出事，把他供出来。现在这个人坐在自己位置上，而且大言不惭。张局长就觉得这个人是有来头的，比如是纪检、便衣、公安什么的。这么一想，张局长转身就出

· 131 ·

去了。

　　这里张局长一走，贼也走了。当然，走的时候没忘了本性，他顺手牵羊把桌上一台笔记本电脑放进包里，然后匆匆走了。

　　再说张局长，出来后去了洗手间。看看里面无人，张局长拿出手机要打那个开发商的手机。张局长想，如果对方无人接，那便是出问题了。这样想着，便拨了号。让张局长没想到的是，才拨过去，就通了。张局长于是迫不及待地问道："你那里没出什么问题吧？"

　　对方说："我能出什么问题？"

　　张局长一听，不害怕了，他这时忽然想到他办公室里那个人可能是个贼。他立即关了手机，然后跑了出来。

　　但回到办公室时，贼已经无踪无影了。

你看我是谁

政府那边召开一个会议，让贾部长去参加。贾部长去得比较早，会议室还没来多少人。几个秘书当然认得贾部长，见贾部长来了，都打招呼，还把贾部长往椭圆的会议桌边引。桌上放满了牌子，牌子上写着名字，张三李四赵五钱六孙七等等。但秘书把贾部长往桌边引时，居然没看到桌上有贾部长的牌子。再看，也没有。于是几个秘书发现这是一个天大的疏漏。几个秘书当即脸红耳赤了，忙说："哎呀，居然忘了放贾部长的牌子！"

贾部长说："是不是我不要来参加这个会议呀？"

秘书说："要参加，县长让你一定来。"

政府办的主任也在，他也觉得这是一个天大的疏漏，他于是批评那些人说："你们怎么做事的，怎么就忘了放贾部长的牌子呢？"

秘书们汗如雨淋，忙说："真是天大的疏漏，我们这就去做牌子。"

说着，一个秘书跑走了。另一个秘书则安排贾部长先在桌边坐下。随后，其他领导陆续来了，这当中包括张县长赵钱孙李副县长以及其他一些参会人员。会议由张县长亲自主持，他看看人到得差不多了，便宣布会议开始。

这是一个项目论证会，桌边坐着的，不仅有县里的领导，还有一些省、市专家。也就是说，桌边坐着的人，不一定认识。果然，会议开始后不久，一个姓赵的副县长就往左边看，问一个牌子上写着"吴景明"的人说："你是省里的专家？"

那吴景明说："省水利厅的。"

赵副县长就点头，边点头边往右边看，要看坐在他右边这位的牌子。他右边坐的就是贾部长，贾部长前面没有牌子，于是赵副县长问着贾部长说："你是？"

贾部长跟赵副县长一同在县里为官，熟得很。贾部长没想到赵副县长会问他是谁，贾部长心里明显不高兴了，贾部长说："你看我是谁？"

赵副县长说："我看你像我们县里的贾部长。"

贾部长说："很像吗？"

赵副县长说："太像了。"

这里赵副县长才说完，坐在贾部长右边的钱副县长也探过头问道："你是？"

贾部长仍说："你看我是谁？"

钱副县长说："来了很多省里的市里的专家，我也不知道你是谁，但你很像我们县里的一个人。"

贾部长说："谁呀？"

钱副县长说："你像我们县里的贾部长。"

贾部长说："很像吗？"

钱副县长说："太像了。"

再说那张县长，他开始是觉得人到得差不多了，但等他介绍完了要论证的项目，在听着专家发言时，他忽然觉得还少了一个人。于是张县长逐个看着桌上的牌子。这时候，那个去给贾部长做牌子的秘书还没来。张县长一看牌子，就发现少了贾部长。张县长觉得不可能，于是又把眼睛往桌上仔细看过去，李四赵五钱六孙七等等这些名字张县长都看到了，但就是没看见贾部长的名字。贾部长是挂点这个项目的，他不能不来。于是张县长探过头问他右边的孙副县长说："贾部长怎么没来参加这个会议？"

孙副县长说："是呀，他怎么不来呢？"

· 134 ·

张县长有些不高兴了,跟孙副县长小声说:"县委那边的人怎么回事,自己挂点的项目论证,也不过来开会。"

孙副县长说:"就是,他怎么也得来一下呀。"

张县长随后招手让办公室主任过来,然后说:"赶快打贾部长的电话,让他过来开会。"

办公室主任说:"贾部长来了呀。"

在办公室主任说着时,那个去做牌子的秘书跑来了,他迅速来到贾部长身后,然后伸手把写着贾部长名字的牌子放在贾部长前面。

贾部长两边坐着的赵副县长钱副县长见了牌子,一起跟贾部长笑起来,还说:"我说你怎么那么像贾部长,原来你就是贾部长呀!"

我不认识你

星期天的时候，领导也会出去走一走，散散心。比如跟几个也是当领导的朋友去什么地方钓钓鱼。但多去了几次，领导就不想去了。领导和他的朋友不会钓鱼，他们很少钓到鱼。但没人会让领导空着手，走的时候，人家会用网打了鱼送给领导，一送一大堆，领导觉得这挺扰民的。再说中午吃饭的时候，很多人来陪同，本来是下乡来玩，结果变成了应酬，挺累的。有一段时间，领导就不钓鱼了，只和一些朋友到乡下去玩，比如看一看老房子呀，到某风景区走一走呀。但这也麻烦，领导不管到了哪里，都有人知道，当地的领导都会赶过来陪同。有一次，县里还派了电视台的记者跟着采访。这样一来，领导就没法真正放松了。在那么多人的陪同下，在摄像机前，领导又等于在工作了，在视察了。本来是星期天出来玩，出来散心，结果玩不成了，一整天都在应酬。

一天，又有朋友邀领导出去玩。领导这天就给朋友作了硬性规定，就是不让任何人知道，只他们几个人出来玩。几个人都同意，于是，领导就坐了朋友的车，往乡下去。

这天他们确实没惊动任何人，他们到了一座山下，几个人就喊领导去爬山。但领导没去，领导跟几个人说他不想爬，他只想在山下走走看看。几个人就依了领导，他们爬山去了，让领导在山下玩。

那时候正是秋收的时候，离山下几十米远的地方就有农民在割禾。领导开始看着,后来,手就痒了。领导走下田去,跟一个农民说:"我也来帮你们割割禾吧。"

农民有些不信,农民说:"你来帮我割禾,不会吧,看你像个当官的。"

领导说:"不错,我就想帮你割割禾。"

农民就把手里的镰刀给了领导,自己踩打谷机去了。领导拿过镰刀就刷刷地割起来,很像回事儿。不一会儿,领导就割了一大片了。农民看领导是个内行,就笑着说:"你割起来倒像回事。"

领导说:"那当然,我也是农民出身嘛。"

农民说:"难怪你会割禾。"

那农民说着,递了一件衣服给领导,农民说:"你换件衣服吧,不然,弄脏了你身上的好衣服。"

领导依了农民,把身上的衣服脱了,放在稻草上,然后换上农民给他的衣服。换了衣服后,农民又把头上的草帽给了领导。领导也不客气,接过来就戴在头上。然后,继续在那儿割着。

割了好一会,领导又帮着踩起打谷机来,帮着农民打谷子。正打着时,那几个人从山上下来了。下来后,他们没见着领导。有人以为领导在车里,但看了看,没有。于是一个人说道:"张部长怎么不在呢?"

这话说过,大家就找起领导来,这里看看那里看看。有人看到不远的地方有人割禾,领导就在里面,但没人想到领导会在里面。几个人找了一会,没找到,就喊起来,左一声右一声地喊道:"张部长——张部长——"

打谷机的声音很响,领导没听到他们喊,领导没回应他们,仍一心踩着打谷机。

几个人喊过,也没看到领导。于是,一个人便打起领导的手机来。领导的手机是开的,但没人接。再打,还是没人接。打手机的人就觉得奇怪,跟几个人说:"领导没关手机呀,他怎么不接电话呢?"

领导根本不知道他们在打他的手机,领导的手机调到了振动,又放在

·137·

那件脱下的衣服的口袋里，领导无论如何也听不到手机响。那几个人见领导没接手机，又四处找起来。其中一个人，还走到了领导割的那块地里。领导见了这个人，就笑了笑，还说："你也来劳动劳动，割割禾吧？"

那人明显没认出领导，那人说："我才不割哩。"

说着，那人走开了。

几个人找了半天，也没找到领导，手机又打不通，几个人便开车走了。

领导看见车子走了，就有些意外，领导跟自己说怎么不叫我就走了呢？然后去衣服里拿了手机，给一个人打起手机来，接通后领导说："吴局长，你们怎么不等我一下就走了？"

这话说过，领导就听到手机里说："张部长你在哪里？"

领导说："我就在山下呀。"

手机里说："你在山下，没有呀？"

说着话，那车子就掉了头，又回到了山下。但几个人在山下仍然没看到领导，又找，其中那个吴局长，也到了领导割禾的地里。领导见了他，就喊着他说："吴局长，我在这儿。"

那吴局长就看着领导，问着说："你喊我？"

领导说："喊你。"

吴局长便一脸茫然的样子，吴局长说："可是，我不认识你呀！"

下 来

张局长要下来了，下来是简化语，就是从领导岗位上下来。早些时候，组织上找过张局长，告诉他因年龄问题，他必须从领导岗位上下来。刚才，组织上打来电话，说明天来宣布新的领导班子。张局长对下来早有准备，但一旦真的要下来，他心里还是很不舒服。

这天下午，张局长要去参加市里一个会议。张局长知道，这将是他作为单位主要领导去参加的最后一个会议。当然，张局长也可以不去，反正明天就要下来了，这个会去不去无所谓。但他还是决定去，并给司机打了个电话，让司机两点钟在楼下等他。到了两点后，张局长下了楼。以往，张局长一走出办公楼，司机就会从车里出来，然后开了车门，让他进去。但这天，张局长下了楼后，居然没看到车，也没看到司机。一直等了十多分钟，司机才急急忙忙把车开了来。张局长当然很气，才坐在车里，就冲司机发火说："没想到你一个司机也会狗眼看人低。"

司机无缘无故挨了骂，一脸委屈，司机说："张局长，我不懂你这话什么意思！"

张局长说："你知道我明天要下来了，才拖拖拉拉。"

司机说："我根本不知道张局长明天要下来。"

张局长说："真不知道？"

司机说："真不知道。"

张局长说："那你为什么来这么晚？"

司机说："刚才在路上看见一个人昏倒在路上，大概是中暑了，我把他送了医院。"

说着话时，就到了。张局长从车上下来，往会议室去。这一路上，也有很多领导来开会，他们也跟张局长一样，往会议室去。这些人跟张局长都熟，以往见了，总是热情地打着招呼。但今天，居然没一个人跟他打招呼。张局长心里又生气了，在心里说妈的，知道我要下来，连招呼都不跟我打了。正在心里这样说着时，一个姓李的局长走来了。这李局长平时跟他很好，见面不但握手，有时候还会把手攀在他肩上。但现在，李局长见了他，只微微点了一下头，很勉强的样子。见李局长这个样子，张局长很生气了，也不睬李局长。两个人就这样往会议室去，互不理睬。但终于，张局长忍不住了，他觉得这李局长太势利了，自己一要下来，就不理不睬。这样想着，他觉得应该说李局长几句，于是他瞪着李局长，开口说："没想到你是这样的人。"

李局长大吃一惊的样子，李局长说："我怎么啦？"

张局长说："怎么啦，知道我要下来，招呼都不跟我打。"

李局长说："你要下来，真的吗，我不知道呀！"

张局长说："你会不知道，不可能吧？"

李局长说："我真不知道，真的。"

张局长说："那你见了我怎么连招呼都不打？"

李局长说："唉，我女儿没考取大学，我想到这事都烦。"

说着话就进会议室了，张局长找个位子坐下来。坐下来后，他看了看，边上坐着吴主任。这吴主任平时跟他也很好，有时候两个人坐在一起，有说不完的话。但现在，吴主任居然看都没看他一眼。张局长又生气了，在心里感叹世态炎凉，人情淡薄。这样感叹着，张局长也不睬吴主任。这样干坐了几分钟，吴主任忽然又探过头来，没头没脑地问他："血糖高到底要不要紧？"

张局长有些奇怪，问着吴主任说："你怎么问这个问题？"

吴主任说："我刚才从医院出来，医生说我血糖很高很高，我自己觉得身体很好，没想到血糖这么高，我很担心。"

张局长跟吴主任无话不说，他说："原来你在担心身体呀，我见你苦着脸，以为你知道我要下来，不理我哩！"

吴主任说："你要下来？"

张局长点着头说："明天就要宣布了。"

这时候开会了，此后无话。散会时，张局长看见杨局长了。在所有领导中，他跟杨局长最好。但现在，杨局长见了他，居然也不点头，不打招呼。张局长就摇头，心想杨局长怎么也这么势利呢。这样想着，他也不睬杨局长了，勾着头从杨局长跟前走过。正走着时，杨局长忽然喊住他说："张局长你他妈的不是人！"

张局长有些吃惊，看着杨局长。

杨局长说："知道我明天要下来，连招呼也不愿跟我打了，是吗？"

杨局长又说："现在的人真他妈的太势利了。"

张局长忽然笑了。

杨局长见了，就说："你笑什么？"

张局长说："我还以为你势利哩！"

杨局长说："此话怎讲？"

张局长说："我明天也要下来。"

求你为我作证

　　李东的麻烦是自找的。

　　一个人骑摩托撞了一个老人，老人倒地后，骑摩托的人逃逸了。随后不久，李东骑着摩托过来了，看见老人倒在地上，李东停了下来。有人围观，但没人上前帮助老人。李东是个热心人，他打了110，也打了120。当然，在打电话之前，李东没有忘记跟围观的人说不是我撞倒老人的，你们以后要跟我作证。围观的人没做声，当中甚至有一个李东的熟人，这人也没做声。不久，110和120都来了，李东于是帮助他们把老人往医院送。

　　让李东没想到的是，老人在路上就不行了。

　　老人的儿子很快就来了，他一把扯着李东，接着打了李东一拳，还说："是你撞死了我父亲。"

　　李东说："不是我。"

　　老人的儿子根本不听，挥拳又打了过来。

　　李东的麻烦开始了，老人的儿子一口咬定是李东撞死了他父亲，要李东赔偿几十万。李东当然跟交警说不是他撞的，但那地方没有监控录像，没法证明李东的清白。李东还算清醒，他告诉交警，他在打110和120之前，跟围观的人说过不是他撞倒老人的，让他们以后要跟他作证。李东还记得围观的人里面有一个熟人，李东让交警去找那个熟人。人命关天，交警当然去找了那个熟人。但李东这个熟人是个多一事不如少一事的主，来听听他跟交警的谈话吧：

"X月X日XX路发生了一起交通事故，听说你在现场。"

"在。"

"是谁撞倒老人的？"

"不知道。"

"你在现场怎么会不知道？"

"我只看见老人倒在地上，但谁撞的，我没看到。"

"我们希望你说实话。"

"这就是实话。"

"你要为你的话负责。"

"我当然负责。"

毫无疑问，李东这个熟人没有证明李东的清白。李东知道后很气愤，李东亲自打了熟人的电话，李东说："你当时明明在场，我还说了一句不是我撞倒老人的，让你们以后为我作证。"

熟人说："我没听到。"

李东说："你胡说，你明明听到了，怎么就不肯为我作证呢？"

熟人没回答李东，但把电话挂了。

可想而知，李东的麻烦有多大，老人的儿子坚决咬定是李东撞死他父亲的，交警在没有确凿的证据面前，也判决是李东撞了老人，让李东赔偿二十多万。李东当然不会赔钱，李东还得打那熟人的电话，李东说："我求你为我作证，不然，我要赔他们二十万。"

熟人说："谁叫你多管闲事。"

李东说："求你了。"

熟人说："求我也没有用，我什么也没看到。"

李东说："你不是人。"

熟人又把电话挂了。

李东后来去找了熟人，甚至，李东在熟人跟前跪了下来，但熟人看都没看李东一眼，就走了。李东站起来后大声骂着说："你混蛋。"

李东只好铤而走险了，这天，他绑架了熟人十岁的儿子。把熟人的儿子带到一幢破楼里，李东打了熟人的手机，李东说："你儿子在我手里，你如果不为我作证，我就杀了你儿子。"

　　李东说着，重重地打了熟人儿子几个巴掌。熟人听到儿子的哭声，还听到儿子说："爸爸救我。"

　　熟人吓坏了，跟李东说："你莫冲动。"

　　李东说："我被人冤枉，你又不肯为我作证，我怎么可能不冲动。"

　　熟人说："我作证，一定为你作证。"

　　熟人放下电话，便去找了交警，把当时的情况原原本本地告诉了交警。不仅如此，熟人还提供了现场他认识的几个人，让他们一起来作证。交警就很生气了，严厉地问道："那天问你，你为什么不说："

　　熟人说："现在的人，不关系到自己的切身利益，谁不是多一事不如少一事。"

　　交警长叹一声。

　　毫无疑问，交警还了李东的清白，但交警走了，刑警来了，李东因涉嫌绑架，被拘留了。

双　规

　　有一个开发商出了问题,他进去后,交代出他行贿过好几个领导。其中一个领导,是计生委的主任,姓张名兵。开发商在建计生大楼时,多次贿赂张兵,先后给了张兵五十万。开发商交代,在计生大楼投标时,他给了张兵十万,大楼开工后给了张兵二十万,大楼完工后,又给了张兵二十万。

　　毫无疑问,张兵涉嫌经济犯罪。

　　纪检决定对张兵实行双规。

　　对一个领导双规,可以到这个领导单位上去,也可以到这个领导家里去,但这天县里开一个会,县里领导的意思是,在会上把张兵叫出去,然后宣布双规的决定。这样当然可以,于是开会的时候,县里领导说了一声:"张兵同志出来一下。"这话说完,一个人出来了,这个人就是张兵。出来后,纪检的人跟他说:"张兵同志,据我们掌握的情况,你有严重的经济问题。我们纪检决定对你实行双规。"

　　来得太突然了,张兵当时就吓傻了,他什么话也没说,就被纪检的人带走了。

　　在此后的几天里,张兵还是什么也不说。纪检的人倒有耐心,不停地劝说他。纪检的同志说:"你的问题我们已经掌握了,而且有人证有物证,你不说就过得了关吗,根本不可能。如果你说了,还可以考虑宽大处理。"这话说了很多遍，张兵的防线松动了，他在一个早晨，在踏踏实实睡了一个好觉后，开口了。

张兵交代，他在修一条长十五公里的乡村公路时，收了包工头的二十万块钱。纪检的人就说，修公路不是公路局的事吗？张兵说不错，修路本来是公路局的事，但那笔修路的资金一共二百多万，是我从省里找一个同学那里要来的。这钱虽然给了公路局，但我有权要求让我认识的包工头修这条路。那包工头接了工程，当然不会亏待了我，他先后三次给了我钱，一共是二十万。纪检的人点头，说还有呢。张兵想了想，又说起来，他说他还从省里弄到一批款子，这笔钱给了山溪镇，镇里为了感谢他，也给了他十万块。纪检的人又点头，问清了什么时间，地点，谁来送的钱等问题后，又问他说："还有呢？"他又想了想，跟纪检的人交代说，还有就是县化肥厂卖给一家客商时，那客商给了我五十万。纪检的人大吃一惊，问他说化肥厂卖了，客商怎么会把钱给你。张兵说是化肥厂面积很大，有好几千平方米，加上厂房设备，可以值两三千万，但最后只卖了八百多万。我跟化肥厂的厂长是铁哥们，我帮客商说了话，客商便一口气给了我五十万。纪检的人再点头，也问清了时间地点给钱的人等等，然后再说："还有呢？"

张兵这回摇头，张兵说："没有了。"

纪检的人说："你们单位建房时，你难道没拿开发商的钱？"

张兵说："我们单位没建房。"

纪检的人说："大白天说谎，你单位怎么没建房，难道那幢计生大楼是从天上掉下来的？"

张兵说："计生大楼是计生委建的，不是我们计委建的。"

纪检的人这回面面相觑了，他们呆了半晌，看着张兵说："你是计委的张兵？"

张兵说："我是计委的张兵。"

纪检的人互相看了看，迅速退了出去。

出去后纪检的人才明白，他们完全搞错了。他们县有两个张兵，一个是计生委的张兵，一个是计委的张兵。那天县领导叫张兵同志出去时，本来两个张兵都在场，但一个刚刚出去上洗手间了，另一个还在，听领导叫他，便出来了。纪检的人也没多想，结果弄错了。

这事很快又汇报给了县领导，县领导指示说，知错改错，将计委的张兵放出来，再对计生委的张兵进行双规。纪检的人说计委的张兵也不能放了。县领导说为什么？纪检的人说这几天里，计委的张兵已经交代了很多问题，而且问题相当严重。

结果可想而知，计委的张兵没有放出来。

至于计生委的张兵，他随后也被双规了。

发　芽

　　李村的儿子在美国读书，为此，李村有机会去了一趟美国。回来时，李村给单位吴局长送了一盒美国红果。这红果像桃但不是桃，像李但不是李，像苹果但也不是苹果，像梨但又不是梨。红果名副其实，就是红颜色的一种水果，红得十分灿烂。美国的人告诉李村，这红果是桃李苹果梨四种水果嫁接的，吃起来像桃像李像苹果又像梨，但比上面四种水果都好吃。不仅如此，这红果的包装也是红颜色的，十分好看，很拿得出手。李村是单位的副职，从美国回来，送些东西给顶头上司，也应当。为此，李村当时想都没想，就决定买一盒红果送给吴局长。

　　把东西送给吴局长时，吴局长很高兴，吴局长说："这么漂亮的一个盒子，

　　上面一个字都看不懂，外国货吧？"

　　李村说："是美国的红果。"

　　吴局长说："红果是什么东西呢？"

　　李村说："这红果是桃李苹果梨四种水果嫁接出来的，据说比桃李苹果梨都好吃。"

　　吴局长说："是吗，美国那地方就是神奇，居然能把四种水果嫁接在一起。"

　　接下来，我们的故事就跟李村关系不大了。李村从吴局长家里出来

后，吴局长的夫人要拆开盒子，想尝一尝那像桃像李像苹果又像梨的东西。但吴局长及时制止了，吴局长说："这么好的东西，还是留着吧，以后万一要送个什么礼，这东西拿得出手。"

夫人虽不情愿，但还是同意了。

几个月后，吴局长有事求分管副县长帮忙。吴局长想也没想，就把那盒美国红果提了过去。副县长见了那么漂亮的一个盒子，也说："这么漂亮的一个盒子，上面一个字都看不懂，外国货吧？"

吴局长说："是美国的红果。"

副县长说："红果是什么东西呢？"

吴局长说："这红果是桃李苹果梨四种水果嫁接出来的，据说比桃李苹果梨都好吃。"

副县长说："是吗，美国那地方就是神奇，居然能把四种水果嫁接在一起。"这东西，副县长也没吃，他觉得这东西作为礼品，送给人家还是有些特色的。为此，那东西放了一段时间后，副县长也把它提去送了人。这回，副县长送的人是县长。副县长见了县长，开口说："你看看我多么大公无私，有什么好东西都想到你。"

县长就说："好像不是我们本土的东西嘛，是什么东西呢？"

副县长说："美国的红果，据说是桃李苹果梨四种水果嫁接出来的。"

县长笑笑说："那老外就是比我们会折腾。"

接着县长就要开包去吃它了，但这时有人敲门，县长就顾不上去吃了。

过后，县长也顾不上吃它，县长在第二天就被双规了。这以后，县长的家人为保县长平安过关，到处去送礼。那包装精美的红果也还拿得出手，县长家人自然拿去送了人。

在以后好长一段时间里，那东西也是数易其主，大致是张三送给李四，李四又送给王五，然后赵钱孙李继续下去……

现在回过头来说说李村。

李村这几年可以说官运亨通，他本来是副局长，但不久，他当了局长。局长当了不到两年，又当了副县长。也不到两年，他又在县人大会上被选举当上了县长。

　　被选为县长的当晚，李村家里宾客盈门。每个人都不会空手而来。有一个人，居然把那盒红果提了来。李村当时没怎么注意，但等人走了，李村仔细一看，发现那盒红红的盒子就是他几年前送出去的。李村是个记性很好的人，他把那东西从美国带回来，他不可能不认得。看见那东西过了几年又回到自己手中，李村摇起头来，李村跟自己说："一盒水果，过了这么几年，还能吃吗？"

　　李村说着，把那盒红果扔进了贮藏室。

　　也不知过了多久，李村到贮藏室找东西时，又看见那盒红果了。但这回，李村大为意外，因为，李村看见那东西发芽了。本来是一个很漂亮的红盒子，但被撑破了，一颗芽从里面长了出来。

　　李村不相信会有这样的事发生，李村急忙撕开盒子。把盒子撕开，李村发现里面有很多钱。当然，不是美元，是人民币。而里面的红果，几乎全部烂了，只有一个，长出芽来。那芽很粗，它从钱缝里钻出来，茁壮地生长着。

　　一个漂亮的红盒子，就这样被撑破了。

想去河边烤红薯

几个孩子去河边野餐,他们带了红薯来烤。这几个孩子是一个女孩两个男孩。河滩上有个现成的小坑,坑里还残留着炭灰。显然,别人在这里烤过红薯。那个女孩说就在这里吧。说着,他们放下手里的东西,然后四散开去,拔草的拔草,捡树枝的捡树枝。不一会儿,就拔了些草、捡了些树枝来。是冬天了,草枯黄了,放进坑里,一点火,就噼噼啪啪烧着了。在熊熊的火焰里,他们把红薯放了进去。

一个大人也在河边,这是一个男人,四十多岁的样子。几个孩子开始忙自己的,没注意到河边有没有人。火烧着了,他们就闲了一些,于是有时间到处看了。这一看,就看见一个大人也在河边。还是那个女孩先看到的,女孩说那里有个大人。其他两个孩子,也去看那个大人。随后,他们就发现那个大人站在水边一动不动,像根木头。而且,很久都这样。那个女孩不知道大人站那儿做什么,她跑了过去。跑到大人跟前,女孩喊了起来,女孩说:"叔叔,你站在这里做什么呀?"

男人没回答女孩,仍一动不动。

女孩又说:"叔叔,跟我们一起烤红薯吧!"

女孩说着时,两个男孩也过来了,他们一起说:"叔叔,我们一起烤红薯吧!"

男人看了看几个孩子,动身了,慢吞吞跟了孩子去。女孩这时先跑起来，还跟男人说："叔叔，快点，火都熄了。"

的确，女孩跑到坑边一看，火真的快熄了，女孩赶忙拿了草往坑里放。很干的枯草，看起来有一堆，但不经烧，一会儿就烧光了。女孩又跑开来，去拔草，并让两个男孩也去拔草。几个孩子又四散开来，只有男人，呆在坑边。女孩见了，又喊起来，女孩说："叔叔，你帮我们添火。"

男人动起来，把草往坑里放。

几个孩子跑来跑去，但拔的草还是不够烧。女孩于是又喊起来，女孩说："叔叔，你也帮我们拔草吧！"

男人就跟孩子一道，拔起草来。

女孩后来就不停地喊着男人，女孩说："叔叔，这里草多，你到这里来拔。"又说："叔叔，这根树枝我折不断，你过来折。"男人很听话，女孩喊他去哪里，他就去哪里。但男人一直没说话，女孩后来发现了这个问题，女孩于是说："叔叔，你怎么一直没说话呀，你不高兴吗？"

男人说话了，男人说："你看出我不高兴吗？"

女孩说；"好像有点？"

慢慢就有了薯香了，女孩当然闻到了。这是个非常喜欢说话的女孩，女孩又问起男人来，女孩说："叔叔，你闻到薯香吗？"

男人点点头，男人说："闻到了。"

女孩又说："叔叔以前烤过薯吗？"

男人说："烤过。"

几个孩子再不去拔草了，都围着坑边。两个男孩这时要做出勇敢的样子来，他们用树枝从火里把红薯拨出来，然后大着胆伸手从炭火里把薯抓出来。薯真的熟了，香喷喷的。女孩在男孩抓出薯后，先把一个给了男人。男人拿着，没吃。女孩见了，就说："叔叔吃呀！"

男人吃起来。

女孩真的喜欢说话，女孩又说："叔叔，好吃吗？"

男人说："好吃。"

· 152 ·

女孩说:"我们下星期天还来,叔叔你也来吧!"

男人说:"好,我也来。"

说过,男人忽然流泪了。

女孩发现男人流泪,女孩于是说:"叔叔,你为什么流泪呀!"

男人揉了揉眼睛,男人说:"没流泪,我没流泪。"

分手时,女孩又提醒男人说:"叔叔,下个礼拜天一定来呀!"

男人点点头,又流泪了,但男人这时转了转身,没让几个孩子看见他流泪。

男人在孩子走后又来到水边。三个小时前,有几个人找到男人,宣布了对他的双规决定。男人随后以肚子痛为由,去了卫生间。接着,男人跳窗逃走了。男人知道自己问题严重,他来到了河边,想跳河。但现在,男人不想跳了,他在河边站了一会儿,估计几个孩子走远了,才开了手机,告诉别人他在河边。

不一会儿,警笛呼啸着来了。

在随后几天里,男人把自己的问题全交代了。后来,纪检的人就问男人还有什么要说。这正是星期天,几个孩子真的在河边眼巴巴地等着男人。男人仿佛看到孩子在河边等他。男人又眨一眨眼,流泪了,男人说:"现在,我好想好想在河边烤红薯。"

这句话让纪检的人听得莫名其妙。

视　察

　　市长有一阵子身体不好，总感到手脚无力，心慌气喘。市长有一个朋友，在东溪县，是个有名的老中医，市长叫他赵医生。这天休息日，市长就去了赵医生那儿。当然，动身之前，市长跟赵医生打了电话。市长说这完全是个人私事，叫赵医生不要惊动县里任何人。

　　放下电话，市长就动身了。

　　从市里到东溪县有将近一百公里。但车好，路也好，车开了一个多小时，就到了。

　　赵医生为市长把过脉，看过舌苔后，跟市长说："你身体没什么问题。"

　　赵医生又说："你主要是太累了，休息不够。"

　　赵医生还说："这样吧，我们东溪有个叫石岩的地方，我今天陪你去那儿散散心，顺便采些草药让你带回去。"

　　市长欣然同意。

　　随后，市长就和赵医生出门了。但上车时，他们被县政府一个秘书看见了。市长不一定认得这个秘书，但秘书认得市长。这秘书立即给他们县长打电话说："汪县长，我看到张市长到我们县来了。"

　　汪县长问："你看清了吗？"

　　秘书说："看得一清二楚，他们往石岩方向去了。"

这汪县长跟市长关系很好,他立即打了市长的手机,接通后汪县长说:"张市长呀,到我们县里来可不能瞒着我呀!"

市长说:"我这次来完全是个人私事,不想惊动大家。"

汪县长说:"这怎么行呢,你到了东溪,可不能躲着我们,怎么也得让我们尽地主之谊呀。"

市长说:"我现在跟朋友去石岩,算了吧。"

汪县长说:"怎么能算了呢,我这就过来。"

这汪县长不仅立即过来了,而且还打了县委吴书记的电话。吴书记家在市里,他在周五晚上就回家了。但接到县长的电话后,他也是立即打了市长的电话,他说:"张市长呀,到我们县里来可不能瞒着我呀!"

市长仍说:"我这次来完全是个人私事,不想惊动大家。"

吴书记说:"这怎么行呢,你到了东溪,可不能躲着我们,怎么也得让我们尽地主之谊呀。"

打完手机,吴书记立即动身往县里赶。

石岩离县城并不远,只有十几公里。这儿的山是典型的喀斯特地貌,山形非常奇特。市长边走边看,也不停地说好。在市长看着时,县电视台的记者来了。市长见了记者,很意外,市长说:"我只是来散散心,随便玩一玩,怎么连记者也叫上了?"

汪县长很会说话,汪县长说:"张市长来了,怎么能随便呢?"

市长就不作声了。

随后,汪县长带市长去了一个叫月亮湾的地方,还去了一个叫太阳岩的地方。市长对这两个地方赞不绝口。市长说:"光听名字就很有诗意啊,这么好的地方要好好开发利用,把石岩打造成全市的风景旅游区。"

中午回到县里最好的宾馆吃饭,这个时候县委吴书记赶来了,不仅是吴书记赶来了,还有些县领导也听到消息,也赶来了,一共坐了好几桌。主桌上按说市长级别最高,他应该上座。但市长说赵医生是他的老朋友,年纪最大,于是市长扶赵医生坐了上座。其余各位客套了一番,也依次坐定。

· 155 ·

吃着时，吴书记向市长介绍，说这几年他们东溪县职业教育学校办得好，有好几千学生，培养了很多有用人才，希望市长能去看一看。市长今天心情好，听后竟然同意了。

一行人就去了东溪职业教育学校，这学校发展确实不错，面积很大，盖了好几幢教学大楼。市长边走边看，也是不停地说好。

看过，吴书记汪县长还要留市长吃晚饭，市长这回没有答应。市长出来一天了，有些累，他坚决要求回去了。

第二天晚上，也就是星期一晚上，县电视台"东溪新闻"节目头条播发了市长到东溪视察的消息，如下：

5月26日，市委副书记、市长张正如到我市视察，他指出，要大力发展旅游业，为东溪培植更多的经济增长点。

5月26日是双休日，但这天，张正如市长放弃休息，在县委书记吴介文、县长汪长蒙的陪同下，视察了我县石岩风景旅游区。在石岩风景区，张市长参观了月亮湾、太阳岩，张市长对东溪得天独厚的自然景观表示了极大的兴趣。他指出：要珍惜东溪的好山好水，挖掘开发利用好石岩这一特殊景点，努力发展旅游业，为县域经济寻求新的增长点。

这天下午，张市长不顾休息，又亲临我县职业教育学校视察。我县职业教育学校占地面积一百八十亩，建筑面积三万平米，目前在校学生有三千多人。张市长在了解这些情况后，对我县职业教育工作给予了充分肯定。他指出：发展职业教育的路子是正确的，东溪这几年工业发展了，职业教育为东溪的经济发展提供了很多有用人才，这一做法值得推广。

东溪很多人在电视里看到这条新闻，也在电视里看到了市长、县委书记和县长，甚至，他们还看到一个老人，这老人不时地走在市长身边。很多人不知道这老人是谁，于是有人问道："走在市长身边的老人是谁呀？"

有人回答："这还看不出来呀，他肯定也是个大官，不然，他会走在市长身边？"

告　状

　　李局长挪用了一笔资金，这是国家专款专用的资金，不能挪用。单位很多人都知道领导挪用了这笔钱，但现在的人，事不关己，高高挂起。单位绝大多数人，对这事不闻不问，只有一个叫张正的人，没有像其他人那样。这张正很正直，是一位副局长。张正在了解到李局长确实挪用了那笔资金后，觉得这是一件很大的事，应该向有关部门反应。有一天，张正就去了有关部门，他说："我叫张正，是某某单位的副职。"

　　张正又说："我们单位的李局长挪用了一笔扶贫款，这笔资金不能挪用。为此，我特来向组织汇报。"

　　有关部门就作了记录，表示要去调查。张正就离开了，但才走到门外，就听到里面一个人说："这张局长跟他们李局长不和吧？"

　　一个人接嘴："肯定不和，要不，怎么会跑来告状呢？"

　　张正听了，转身就走了回去，张正说："我这是告状吗，我这是向你们反映问题。"

　　里面的人就很尴尬了，满脸通红。

　　这事的结果是，李局长挨了一个党内警告处分。

　　李局长当然知道是张正告的状，有好多天，李局长都跟单位的人说："我挪用那笔资金还不是给大家发福利呀，没想到张正把我告了。"

　　单位的人就看着张正不顺眼了，私下里都说："这人看起来挺老实的，没想到还会在背后做鬼事。"

那个李局长，状况还挺多的，才挨过处分，又因一个女人，闹得满城风雨。情况大致是这样的：这个女人开始跟李局长好，可能是李局长什么地方没满足她，女人有一天竟然闹到了单位上来。女人这一闹，单位所有的人都知道了。对这样的事，大家更不会去过问，包括张正，也不好去过问。但有一天，女人居然找到了张正，女人开口就说："我知道你正直，所以来找你。"

女人说着，拿出一盘刻录好的光盘来，女人说："我希望你把这个光盘交给有关部门。"

张正当然要询问怎么回事，女人便一把眼泪一把鼻涕地控诉了李局长的不是。张正最看不得女人哭，张正当即答应帮女人把光盘转交给有关部门。

过后，张正真把光盘交了上去。这光盘录下了李局长和女人在一起的不雅画面。有关部门的人看了光盘后，问着张正说："你录这些，花了很多心思吧？"

张正说："不是我录的。"

有关部门的人说："那你怎么有这样一片光盘？"

张正说："是一个女人让我交来的。"

有关部门的人说："是你录的你就说，不应该向组织隐瞒。"

张正说："真是女人交给我的。"

有关部门的人说："她可以直接交给我们呀，怎么交给你？"

张正说："这我就不知道了。"

李局长这样的事，没人告，就没人追究，但既然有人告，就得追究。有关部门后来在找了当事人，也就是那个女人后，对李局长作出了处理，给予李局长行政记大过处分，并被调离了原单位，安排到市社科联当主席。

李局长当然知道这事与张正有关，李局长那段时间见人就说："他张正告倒我，无非是想转正，但我即使调走了，他也转不了正。"

还真被李局长说中了，上级在李局长调走后，要调另一个人来。这人倒是愿意来，但这人提了一个条件，这人说："要我去可以，但必须把那个喜欢告状的张正调走。"

上级也有这样的考虑，张正在原单位转不了正，就得挪一挪。但把张正挪到哪儿，却让上级为难。开始想调张正去教育局，还没发文，教育局的人就找到上级，他们说："这个人我们坚决不要，他那么喜欢告状，以后我们单位还不被他闹得天翻地覆呀。"上级后来又考虑让张正调卫生局，调文化局，调水电局。但卫生局、文化局、水电局的人先后找到上级领导，他们都说："这个人我们不要，他那么喜欢告状，以后我们单位还不被他闹得天翻地覆呀。"正在上级伤脑筋时，一个人出主意说："兽医站的站长退休了，干脆调他去兽医站吧！"

领导一听，笑了。

张正随后调兽医站当站长了，这次没人反对。因为兽医站除了几个兽医外，张正要管的，就是全市的猪和牛了。

看他的下法

平是从部队转业到单位的，在部队时，平的单杠项目非常优秀，在全团数一数二，曾代表他们团到大区参加过单杠比赛。平在单杠上可以做大回环动作，然后转体360度下。平转业后上班的单位也有单杠。平第一天上班，看见操场上有单杠，手就痒了。后来看见有人在翻单杠，平就过去了。平抓住单杠后，先做了十几个标准的引体向上。这一下，立即让同事刮目相看了。平那些同事，能做出五个引体向上已经是罕见了。但好戏还在后面，平很轻松地上了杠，然后翻起来，一圈又一圈。翻了几圈，平开始做双手大回环了，一连荡了好几圈。平身材修长挺直，做起动作来非常优美。看的人就目瞪口呆了。平的下法更精彩，脱手后一个转体360度，稳稳地落在地上。

单位的人竟鼓起掌来。

过后，平每天都要在单杠上翻几圈。单位的人，见平翻单杠，都会围过去。平跟同事熟了后，就喜欢说话了，平总跟大家说："看我的下法。"这是平的口头禅，平在部队翻大回环要落地时，总会说一句："看我的下法。"这是提示人家，他的下法更精彩。平说完，一个360度转体，稳稳地落在地上。平跟同事这样说，也是提示大家，一提示完，他便一个360度转体，稳稳地落在地上。平这句话说久了，同事就记住了，平一做到大回环动作时，同事就互相提示了，同事说："看他的下法。"才说完，平果然下了，一个360度转体，稳稳地落地。

有好长一段日子，平每天都要去翻单杠，同事也每天围着看平表演。仍是那样，平一做大回环，同事就说："看他的下法。"说完，平就下了，一个360度转体，落在地上。

几年就这样过去了，这几年里，平有进步了，平是副营职转业，分到单位时只是个普通干部。但后来平就进步了，平开始当副科长，不久当科长，再不久又当副局长。说起来容易做起来难，平每进一步，都花了不少钱。比如提副科长时，平给单位领导送了五千块。提科长时，平给单位领导送了一万块。提副局长时，平不仅要给单位领导送，还要给上面领导送，花了三四万。平几个转业费，都这样送了。平做了几年副局长，又送出去了六七万。这六七万，让平升了正局长。

平单位是个有实权的单位，平当了一把手后，来求他的人络绎不绝。平是个喜欢帮忙的人，但平不是无原则帮忙，他是有条件的。这条件就是要求他办事，必须送钱。送多少钱，办多少事，毫不含糊。来举一个例子吧，平一个老战友，来找平为他女儿安排一个工作。那老战友找平一次，平答应一次，但工作就是没落实下来。有一次平正在单杠上翻着，那战友又来了，那战友问着平，说我女儿的事怎么样了。平回答说正在想办法哩，你还等等吧。但战友等了好久，依然没有动静。后来有人告诉平的战友，说求平办事要送钱。平的战友不相信，说我们是老战友，送什么钱。这战友真的没送，结果女儿一直没找到工作。那战友后来相信了，送了平一万块钱，很快，工作就落实了。这样的例子还很多，平单位做房时，一个包工头送了他十万，平嫌钱少，没把工程给这个包工头。另一个包工头给了平二十万，平就把房子给了他做。对单位干部的提拔，平几乎是按官大官小论价，一个股级干部五千，副科一万，正科两万。要想升到单位的副职，要送更多。单位有一个副科长，想提拔为正科长，给了平一万。平收了钱，却把那人压着不动，因为那人送少了钱。那人后来补了一万，便顺顺当当提了科长。平这个做法，很多人都知道，大家都在私下里说平很贪，是个十足的贪官。

虽说平当了官，但还是会经常去翻单杠，好多年都坚持了下来。和以前一样，平一到单杠边，就惹许多人围着他看。平现在发福了一些，翻起单杠来姿势没以前那样优美，但长期锻炼，平依然可以做出那些高难动作，比如在单杠上翻来翻去，做双手大回环，转体360度下等等。平翻单杠的时候，同事还是觉得他比较可爱的。大家都会为他助兴，当平做双手大回环时，大家依然喊道："看他的下法。"

说完，平果然下了，一个转体360度，稳稳地落在地上。

这天，平又在翻单杠，先做了几下引体向上，然后往上一跃，上了单杠。接着平开始翻起来，一圈又一圈。翻了几圈，平开始做双手大回环了，姿态优美地荡起来。正荡着，平忽然看见几个人走进了单位。平认识那几个人，是市纪检的人。平就心慌了，手也在抖。围着平看的人，没看到来人，即使有人看见了，也不知道是谁，他们看见平在做双手大回环，便一起喊道："看他的下法。"

平真下了，松手后习惯性地一个360度转体。但平没有完成动作，重重地摔在地上。

这一跤，摔得平爬不起来。

我怎么知道

他每天上班下班都要在好几家楼盘门口走过，他不想买房，所以从没进去过。但有一天下班的路上落起雨来，为了躲雨，他跑进了一家售楼部。里面的售楼小姐明知他是来躲雨的，但依然对他很热情。售楼小姐跟他说："落雨天留人，坐一下吧。"

他也不客气，在沙发上坐下来。

随后不久，售楼小姐拿了一张宣传单过来，售楼小姐说："你买了房吗？"

他说："我有房。"

售楼小姐说："现在很多人都有两套房。"

他说："我差不多也有两套房。"

他说的没错，他现在住的是自己单位的一套房改房，而他父亲也有一套房改房，父亲早几年过世了，母亲现在跟他住一起，他是独生子女，父亲这套房肯定是他的。也因此，他从没想过要买房。但现在，售楼小姐缠上他了，售楼小姐说："如果你有闲钱，我建议你买房，现在做什么，都没有买房划算，比如我们这楼盘，去年三千一平米，今年涨到四千多，涨了百分之五十，而最近一个月涨得更快，上个月是四千三，现在已经卖到四千五，你说做什么有这么划算？"

他赞同售楼小姐的观点，但他说："问题是哪里有闲钱呢？"

售楼小姐说:"可以按揭呀。"

他没做声,但有些心动。

这时候雨停了,他起身往外走,售楼小姐跟在后面,仍说:"买房真的很划算,我建议你买套房放那里,升值。"

他说:"本来我不打算买房,你这么一说,我还真想买房了。"

回家后,他跟妻子说:"我们买一套房吧?"

妻子有些意外,妻子说:"我们哪有钱呢?"

他说:"我们有十万块。"

妻子说:"十万块钱买得到房?"

他说:"再借十万就可以交首付,其他的按揭。"

妻子不做声了。

过后,他们开始借钱了,他母亲还有点积蓄,他跟母亲说:"妈,我们还想买一套房。"

母亲说:"你这不是有房子住吗,你爸单位那套还空在那里。"

他便把售楼小姐的话告诉母亲,他说:"现在做什么都没有买房划算,有一家楼盘,去年卖三千,今年涨到四千多,涨了百分之五十。最近一个月房子涨得更快,上个月是四千三,现在已经卖四千五。买套房可以赚钱。"

母亲听后,点了点头,然后说:"我只能拿五万出来。"

接着,他跟妻子去见了岳父大人,也是他开口,他说:"爸,我们还想买一套房。"

岳父说:"你这不是有房子住吗,而且还有一套房子空在那里。"

他也把售楼小姐的话说出来,他说:"现在做什么都没有买房划算,有一家楼盘,去年卖三千,今年涨到四千多,涨了百分之五十。最近一个月房子涨得更快,上个月是四千三,现在已经卖四千五,买套房可以赚钱。"

岳父听后,也点了点头,然后说:"那我借你们五万吧。"

够了。

几天后，他交了首付，按揭买了一套房。

那房子，他当然不会去住，一直空在那里。

像他这种状况的太多，他买房子的那家楼盘，90%的房子都卖了，但住进去的人家还不到10%，一个偌大的楼盘，三十多幢房子，整天见不到几个人，尤其是晚上，更是人迹寥寥，到处黑灯瞎火，鬼城一样。

这样的地方惹贼，有一个小偷，经常在那儿出没，还撬了他家的锁。他是毛坯房，偷不到东西，但小偷经常躲在里面休息。躲在里面还有一个好处，就是没人注意得到他，小偷也把他家的房当成观察点，到处看，看哪家住了人，哪家住的人有钱，然后晚上好行动。这天，小偷就发现楼上一户人家有钱。这天晚上，小偷动手了，小偷半夜撬锁进去了，但那家人很惊醒，小偷才进去，就被发现了，那家男主人女主人甚至他们儿子一起追出来，小偷往楼下跑，然后躲进了他家。追的人看见小偷进去，也跟着追进去。看看要被扭住了，小偷只好跳窗。那是二楼，小偷以为跳下去不要紧，但没想到小偷的脚被电线绊了一下，于是头朝下脚朝上跌了下去，结果很惨，小偷跌了个半死。

房子是他的，警察当然找得到他，警察见到他时问着他说："有一个小偷偷了东西往你家里跑，他是你什么人？"

他说："不认识。"

警察说："那他为什么会跑到你家里呢？"

他说："我怎么知道？"

稻草人

　　二呆这几天很生气，生村长的气。二呆门口栽了一棵枣树，结很甜的枣子，前几天，村长打了半篮枣子，一声不吭就走了。昨天，村长也是一声不吭，在二呆承包的养鱼塘里捞了几条鱼。刚才，二呆的老婆告诉他，村长让会计来收了二百多块钱，每家每户都收。二呆听了，跟老婆说这完全是乱摊乱派嘛。二呆就为这些生气，二呆这时正要去地里，走在田间路上。田里，有一个稻草人。看见了稻草人，二呆就找到发作的对象了。二呆捡起一块泥巴，狠狠地扔向稻草人，还说："村长你是个王八蛋。"不远，又有一个稻草人，二呆又捡起一块泥巴，扔向稻草人，也说："村长你是个王八蛋。"不远，还有一个稻草人，二呆再捡起一块泥巴，扔向稻草人。但这次，这个稻草人居然会说话，稻草人说："二呆，你干吗拿泥巴扔我？"

　　二呆很有些意外，二呆说："你这个稻草人怎么会说话，你吓死我了。"

　　那个稻草人其实是村里的三歪，三歪仍说："二呆，你干吗扔我？"

　　二呆说："我心里有气。"

　　三歪说："你做什么又生气？"

　　二呆说："村长那王八蛋一声不吭打了我半篮枣子，还捞了我鱼塘里几条鱼，刚刚又让我们摊派了二百多块钱，真是气死人了。"

三歪歪着眼看了看二呆，三歪说："你生气又有什么用，我们又奈何不了村长，既然奈何不了他，还不如像我一样在地里做稻草人赶赶麻雀，免得地里的种子被麻雀吃了。"

二呆觉得三歪说得有理，二呆不再生气了，只往自己地里去。

到了地里，二呆看见不时地有麻雀飞来，二呆便不敢走了，也像三歪一样在地里站着，做起稻草人来。二呆头上戴一顶小斗笠，两只手里拿着一把稻草。二呆这样子，真像个稻草人了，有麻雀飞来，二呆便把手里的稻草挥一挥，把麻雀轰走。

不久，村长走来了。

二呆没看见村长，他背对着村长。而村长呢，也没走近二呆，他只是往这儿走过。在离二呆还有那么远的地方，村长看见了二呆地里的稻草人。村长觉得二呆的稻草人扎得很像，村长多看了几眼，还说："这个二呆不呆嘛，扎的稻草人蛮像回事。"

村长显然没看清地里站着的就是二呆，他说完，就去找二呆了，他要二呆也给他扎一个这样的稻草人。

但村长不可能找到二呆，二呆就在地里，他去哪里找呢。但村长找到了二呆的老婆，村长见了二呆的老婆，问他说："二呆呢？"

二呆老婆说："村长找二呆有什么事吗？"

村长说："二呆地里扎的稻草人倒蛮像回事，你让他去我地里帮我扎一个吧。"

二呆老婆点着头说："我这就去找他。"

说过，女人就去找二呆了。女人知道二呆去了地里，女人去了地里，就看见二呆了，女人看见二呆在地里站成稻草人一样，女人就说："你把自己站成稻草人了。"

二呆说："麻雀这么多，我就是在这里充当稻草人嘛。"

女人说："倒蛮像的，难怪村长把你当成了真的稻草人。"

二呆说："你看见村长了？"

女人说："看见了，他说你扎的稻草人很像，要你去他地里帮他扎一个。"

二呆说:"我哪里会扎稻草人,我这不是把自己当成稻草人吗?"

女人说:"但村长发了话,你敢不去?你不去他会生气的。"

二呆说:"那怎么办?"

女人说:"还怎么办,你去村长地里当稻草人,帮他赶麻雀。"

二呆说:"看来只有这么办了。"

二呆说着,走动起来,往村长地里去。二呆一动就不是稻草人了,是二呆了。但很快,二呆走到村长地里了。到了村长地里,二呆又不动了。二呆不动,就把自己变成了稻草人。

没隔多久,村长来了。村长远远地看见地里站着一个稻草人,村长于是笑着跟自己说:"这个二呆不呆嘛,扎的稻草人蛮像回事。"

村　姑

　　村姑去城里打工，刚到城里，村姑就看见公交车上有两个贼在偷东西。一车的人都看见了，但车上的人见了也等于没见一样，都把眼睛移开来。对城里人来说，这是熟视无睹的事，没人大惊小怪。村姑没有这样，村姑一直盯着两个贼，紧紧地盯着。车上还有一个人，是个摄影爱好者，他也看见贼偷东西，但也无动于衷，倒是村姑的眼神让他感兴趣。相机就端在他手上，他对着村姑一按快门，把村姑拍了下来。

　　还是来说村姑，村姑不知道有人在拍她，她只盯着贼看。当看见一个贼从一个男人口袋里掏出一只手机时，村姑忽然大叫一声，村姑说："你为什么偷人家的手机？"

　　村姑的声音几乎是尖叫，这声音太大，不仅一车的人都听到了，两个贼也好像吓住了。村姑叫着，还蹿过去，去抢贼手里的手机。两个贼还没有反应过来，手机便被村姑抢了过来。

　　恰好车到站了，两个贼好像被村姑镇住了，他们互相看了一眼，下车了。

　　车开动后，车上的人都夸起村姑来。但夸了几句后，那个摄影爱好者忽然说道："你是刚从乡下来的吧？"

　　村姑点头。

　　摄影爱好者说："我一看就知道你是刚从乡下来的，只有你这样的人，才不知深浅。"

村姑说："有什么不对吗？"

摄影爱好者说："你不知道街上的贼有多凶，前几天一个贼偷东西，一个人过去捉贼，当场被贼一拳打落了两颗牙齿。"

车上其他的人也说起来，一个说："是呀，前天二路车上一个贼偷人东西，有人说了一句，当场被贼捅了一刀。"

另一个人也对村姑说："姑娘，这车上的贼太嚣张了，你以后千万莫管，我们惹不起。"

村姑就看看这个，又看看那个，然后说："怎么会这样呀，在我们乡下，有谁敢偷东西，捉到要被打个半死。"

摄影爱好者说："那是你们乡下，这是城里。"

这事到这里就结束了，还要说的话，那就是村姑以后在纺织厂找到工作了，成了一位纺织女工。

再来说说那个摄影爱好者，他回家后把村姑那张照片冲了出来，摄影爱好者觉得这张照片照得很好，便存进了电脑。一年以后，这座城市举办了一次摄影展，摄影爱好者把那张照片扩大了，取名《村姑》，拿去展览了。这次影展很有意思，没在展厅里办展览，而是在街上展出。在一些闹市，拉一溜绳子，然后把照片挂上去。这样的展览效果似乎更好，每次展出，都有很多人围着看。

这天，影展就移到纺织厂展出，村姑和她的同事都去看了。当然，这时的村姑不再像村姑了，她变得很像城里女孩了。但这会儿，我们姑且还称她为村姑吧。村姑在照片前看了一会儿，就看见一张照片里的女孩很眼熟。毫无疑问，就是摄影爱好者拍的那张叫《村姑》的照片。照片里那个女孩就是村姑。但现在，村姑认不出自己了，她只是觉得照片里的女孩很眼熟。是谁，村姑想不起来。村姑的同事也看见了那张照片，这同事看看照片，又看看村姑，然后说："这照片上的女孩好像是你呢！"

村姑说："怎么会是我呢？"

说着话时，来了两个贼，贼什么时候都往人多的地方蹿。一蹿过来，贼就发现目标了，准备偷一个人口袋里的手机。村姑的同事看见了，便碰碰村姑，跟村姑小声说："来了两个贼，想偷东西。"

村姑赶紧把同事拉走，走远了，才跟同事说："莫管别人的闲事。"

那个贼，正要往人家口袋里塞时，但忽然又停住了。随后，这个贼拉着另一个贼走开了。另一个贼就不明白，问："你为什么不下手？"

贼说："我觉得边上有人紧紧盯着我。"

另一个贼说："边上没人盯着你呀？"

那个贼说："有，我觉得有一双眼睛在盯着我。"

另一个贼不信，拉了同伙过去看。这一看，真看见了一双眼睛，睁大着盯着他们。

谁都明白，是照片上村姑那双眼睛。

若有所失

男人比女人大许多，这点，连女人的孩子都看得出来。孩子还小，才九岁，但孩子还是看得出男人很老，孩子觉得他应该有五十岁了或者五十多岁。孩子不知道，妈妈怎么会有一个年纪这么大的朋友。孩子还看得出，男人对妈妈很好，妈妈咳一声，那男人就说是不是感冒了，要不要去帮你拿点药来。路过水果摊，男人又说我去给你买点水果吧，多吃些水果润润嗓子，就不会咳了。男人不仅说，还做，男人当即停了车，然后下去了，等男人上来，手里提着一大包水果。

孩子的感觉没错，那男人年级是大，已经过了五十了，男人对女人也就是孩子的妈妈确实好，女人在一家工厂打工，那工厂很远，女人总是骑电动车去，天晴没什么，但落雨就让女人发愁了。这时候男人会打电话过来，说我来接你吧。雨天骑不了车，女人会答应男人。一会儿，男人便开车来了。接了女人，他们一起去接读书的孩子。孩子上了车，女人会跟孩子说："叫大伯好！"

孩子便叫："大伯好！"

男人说："真乖。"

一会儿到孩子家门口了，女人和孩子下车了，孩子这时会跟男人挥挥手，还说："大伯再见。"

男人说："再见。"

一天没落雨了，男人也打电话跟女人说："我来接你吧？"

女人说："我骑了电动车。"

男人说："天冷了，骑车很冷。"

女人说："我坐了你的车，电动车怎么办？"

男人说："放厂里呀。"

女人说："那我明天怎么来上班？"

男人说："你傻不傻呀，我明天再送你来呀。"

女人就说："你要来就来吧。"

立即，男人就开车来了。

女人上了车，就问男人说："你为什么对我这么好？"

男人说："喜欢你呀？"

女人说："我不相信，我是一个很普通的人，也不好看，你怎么会喜欢我？"

男人说："你好看呀，在我心里，你特别好看。"

说着话，就到孩子学校了，孩子在门口等他们，立即，孩子上了车，在车上，孩子又说："大伯好！"

男人对孩子说："真乖。"

不一会到孩子家门口了，女人和孩子下车了，孩子又跟男人挥挥手，还说："大伯再见。"

男人也说："再见。"

男人是真的喜欢女人，想跟女人好，男人说："做我的相好吧？"

女人说："不行呀，我有老公，你也有老婆。"

男人说："现在这种事太司空见惯了，现在的女人，只要有点姿色的，哪个没有相好。"

女人说："我又长得不好。"

男人说："我说了，在我眼里，你很好看的。"

男人又说："你跟我好，我每月给你几千块钱，你也不要出来打工了，你辛辛苦苦做一个月，也就是一千多块钱。"

女人不做声了。

后来好长一段时间，男人总是来接女人，他们的关系也有点模糊不清了，他们既不是相好，也就是说，他们不是情人，但又比一般朋友明显好很多，比如在车上，男人会经常拉着女人的手，有时候也会出格一点，在女人身上摸一摸。女人的反应比较平静，也就是说，女人没反对男人这么做，这就让男人看到希望了，男人觉得他跟女人好是迟早的事。

这天，男人又去接了女人，然后去接孩子，孩子上车了，照样喊了一句大伯好。男人也照样说了一句孩子乖。在车上，男人又伸手去接女人的手，女人这回打担了男人的手。但孩子还是看见了，孩子在后来的时间里没说话，一直发着呆坐那儿。不一会，到孩子家门口了，孩子下了车，仍跟男人挥挥手，然后说："爷爷再见！"

男人听了，呆起来。

女人也呆了。

男人女人再见面时，女人跟男人说："我们还是做普通朋友吧。"

男人说："为什么？"

女人说："你没听到吗，我孩子都叫你爷爷了。"

男人若有所失的样子，男人说："也许，我们做朋友更合适。"

剪　径

我年轻的时候在坪山村住过很久。这是个大村，有好几百户人家。村里有个青年，叫叶铁龙，武功高强，三五个人近身不得。叶铁龙掌上功夫了得，四块砖叠在一起，挥掌劈下，四块砖齐齐断开。我也曾试过，一块砖也劈不断，倒把手劈痛了，惹得叶铁龙哈哈大笑。当时正在放电影《少林寺》，习武之风在各村崇尚，叶铁龙也纠集一班人，在村里禾场上练武。每天傍晚，二三十个年轻人扎着腰带，排成阵式，一招一式跟着叶铁龙练。练的自然是花拳绣腿，但每出一招，嗨嗨作响，很有气势，跟电影里差不多。

叶铁龙不仅武功高，胆也大，这样的人，势必做出一些胆大妄为的事。我们坪山西边有一个小墟集，走大路有十多里远，走小路只有七八里路。这七八里路当中，又有四五里路是山路。一天叶铁龙带另一个人和我往山上去。上了山，我们潜藏在路边的一排蔷薇后面。我问叶铁龙躲在这儿做什么。叶铁龙也不含糊，告诉我说剪径。我当然明白剪径是什么意思，我有些紧张了，好害怕。不一会，一个女人从墟集方向走来，看看近了，叶铁龙和那个人忽然跳出来。叶铁龙大喊一声，还说要活命就拿钱来，说着把手里一把刀晃来晃去。女人立刻吓呆了，不晓得说话。叶铁龙便让那人上去搜女人的钱。那人过去，把女人身上几个口袋搜了搜，搜出十三元五角。叶铁龙一把拿过这些钱，喊一声走，两个人便走了。我当时还躲在蔷薇后面，见叶铁龙走了，便蹿出来追上他们。但才走不远，那女人忽然哭了起来。叶铁龙听了骂了一句，还说才拿她十几块钱，就哭成这样，说着，把三块钱给了我，让我去还给那女人。我捏着钱，不敢去，叶铁龙就说你他妈的是兔子胆，这也不敢去。我怕别人说我胆小转身飞快跑去了，近了，把钱一扔，又跑了。

这次剪径，我分到了五角钱。

一次，叶铁龙又带一个人和我上山。这次没躲，就在山上转。不久，就看见一个挑担子的人。叶铁龙看见那人，也是晃一晃刀，大喊要活命，就拿钱来。那人听了，弃了担子就跑。叶铁龙见了，立马就追，追了十几步，叶铁龙飞起一脚，把那人踢倒，这场面像演电影。那人倒地后，忙说好汉饶命。叶铁龙说我不要你的命，只要你的钱。那人便从身上掏出钱来，大概有二十几块。叶铁龙拿了钱，招呼我们一声，喊我们走了。走了不远，叶铁龙数了数钱，一共有二十一元二角。

这回，我分到的还是零头数。

又一次，叶铁龙带我们上山，这次碰到一个五大三粗的汉子。叶铁龙仍晃了晃刀，大喊说要活命拿钱来。汉子没跑只哼一声，还说拿刀算什么，敢不敢跟我打一场。叶铁龙最怕人家小瞧他，他立即扔了刀，紧了紧腰带，还说一对一，我的人上我不算好汉。那汉子说我身上有几十块钱，你赢了我，我给你，你没赢，你他妈的从我胯下过。说着，也紧了紧腰带。两人很快交上了手，并不像电影里一样，打起来嗨嗨有声，而是默不作声，你一脚来，我一拳去。你踢倒我我扳倒你。汉子也明显有功夫，叶铁龙几次被他摔倒。但叶铁龙明显年轻，体力上占了上风，打了一会，汉子就喘起粗气来。汉子又绊倒一次叶铁龙后，忽然收手了。汉子说我甘拜下风，说着把身上几十块钱扔出来。叶铁龙一个鲤鱼打挺站起来，但那汉子风一样跑出了十几米。

随后数了数钱，一共四十元八角。叶铁龙给了我一元八角。我嫌少，觉得不应该每一次都拿他的零头数，但我不敢说。

叶铁龙后来还喊过我上山，但我没去，我跟他一起去剪径，去抢，去担风险，他只给我零头数。我觉得不合算。我没必要跟他去。

这以后的一天，我去了一趟墟集，也是走山路去的。一路无事，但在墟集，我看见小书店里有一套《水浒传》连环画。我最喜欢看《水浒传》。想买它，但身上没钱。这天我在小店门口，来来回回一心想弄到这套书，但无法可想，除非抢，用叶铁龙的话说就是剪径。

我急忙往回走，要到那条山路上去，也剪径一回。

往回走先是一条小路，要走大约三四里，才到山路。在小路上，我就看见了目标，一个女人，提只包，在我前面几十米远的地方走。我估计她是往坪山方向去，会经过那段山路。我小心着跟在她后面，不远不近。不一会就上山了，我毕竟有些害怕，不敢过去，仍跟在后面。跟了一会，前面那个女人忽然不见了。我有些急，加快脚步往前走。正走着，女人忽然从树后冒出来，女人笑盈盈地看着我，还说："这位小兄弟，你来得正好，我们一起走吧，听说这山上有人抢劫，我们一起走，多一个人，别人不敢动。"

我呆子一样没反应。

女人见我发呆，又说："小兄弟，走呀，发什么呆。"

我便跟着女人走起来。

走了一会，我开始发笑，我在心里想这女人真好笑，他担心被别人抢，我就要抢她哩。我这样想着，左看右看，想找机会。女人见我这样，就说："小兄弟是怕有人出来抢劫吗，别怕，有我在呢。"

我没作声，跟着她走。走了一会，我说："你就不怕我抢你？"

女人扭头看着我，满脸微笑的样子，女人说："你会抢，不可能。"

我说："为什么不可能？"

女人说："你看你，眉清目秀，一副书生样子，你这样的人，怎么像抢劫的人？"

我说："你就这样相信我？"

女人说："我当然相信你，看你面目这样和善，我还相信你以后很有出息哩。"

我说:"真的吗?"

女人说:"真的。"

我笑笑,没再出声。也怪,这时候不再想抢她了。看着女人笑,我也笑,我想我这时一定面目和善。

三四里山路,很快就走完了。女人不久拐了一条机耕路。而我,却走上了回村的路。走了一会,我看见女人还在看我,还笑。我也笑,还大声问了一句:"我想知道你叫什么?"

女人回答了我,但风很大,我没听清女人说什么。

我很遗憾没听清女人叫什么,直到现在我都觉得遗憾。我完全可以这么说,是女人拯救了我。如果不是这个女人,我或许还会去剪径。这样,我的下场一定会跟叶铁龙一样。

说到叶铁龙,还要交代一下,他后来越做越大,既抢劫又强奸,还杀了人,到现在他还关在牢房里。

恋 爱

平有一天顺路带朋友小荷回家，路上小荷说去接一下我的表妹吧。平当然答应。几分钟后，小荷的表妹上车了。那是晚上，平回头看了一下坐在后面的小荷的表妹，朦胧的灯光下，平觉得小荷的表妹异常漂亮。

几天后平见到小荷，平跟小荷说："你表妹很漂亮。"

小荷说："很一般呀。"

平说："谁说一般，我觉得特别漂亮。"

再见到小荷，平又提到她的表妹，平说："看到你，我就会想到你那个表妹。"

小荷说："你是不是看上了我表妹？"

平又说："我对她印象特别好。"

小荷说："我表妹坐在后面几乎就没说话，你怎么就对她印象特别好？"

平说："我也不知道为什么，反正我对你表妹印象确实很好，觉得你表妹斯斯文文的。"

小荷说："那你一定看上我表妹了。"

平说："也许是吧，你哪天把你表妹介绍给我。"

小荷点了点头。

但把头点过，小荷并没行动。平看见小荷这边没动静，又去找小荷，平说:"你答应把你表妹介绍给我,怎么没见你行动呀?"

小荷说:"你还真看上了她呀?"

平说:"我真的对你表妹印象特别好,自从见到你表妹后,我几乎天天都会想到她。"

小荷说:"一个人会天天想另一个人,看来是喜欢上了这个人。"

平说:"那你把你表妹介绍给我呀?"

小荷再次点了点头。

小荷随后便跟平创造了机会,这天小荷跟平说:"你喜欢看电影,我表妹也喜欢,你去买张电影票吧,我去给我表妹。"

平立即去把电影票买了来,小荷也把票给了她表妹。但这天晚上,小荷的表妹没空,她把票给了她一个姐妹。这样,坐在平边上的女孩便不是小荷的表妹了。但平不知道,她以为边上就是小荷的表妹。朦胧中,平左一眼右一眼地看着边上的女孩。女孩被平看的都有点不好意思了,小声说:"你这样看着我做什么?"

平说:"我对你印象很好。"

女孩说:"你认识我吗?"

平说:"认识呀,你坐过我的车。"

女孩记不起什么时候坐过身边这位男子的车,但男的这么说,女孩相信有这么回事。当然,女孩还是问了一句:"你开什么车?"

平说:"宝马X5,你应该记得吧?"

女孩点点头。

平说:"那是晚上,朦胧的灯光里,我觉得你特别漂亮。"

女孩说:"谢谢!"

平说:"自那天之后,我就会想你。"

女孩说:"真的假的?"

平说:"真的,我没骗你。"

女孩说:"你开宝马车,是成功人士,身边肯定不缺女孩,你怎么会觉得我好?我不信。"

平说:"请你相信我,真的是这样。"

女孩说:"我有点感动了。"

电影散了,但平跟女孩没散,当然,这不是说平跟女孩还在一起,是指他们过后有联系了,平后来无数次跟女孩说:"人真是很怪,其实那天你在我车上,我只是看了你一眼,就留下了特别深刻的印象。"

平又说:"不仅如此,我时不时地就会想到你。"

女孩每次都感动。

结果自然很好,平后来跟女孩好上了,也就是说,平跟女孩恋爱了。

这天,平看见了小荷,平跟小荷说:"我跟你表妹恋爱了。"

小荷说:"真的吗,我怎么没听我表妹说?"

平说:"她可能还不好意思说吧。"

小荷点点头。

这天,小荷跟她表妹在街上走时,正好碰到平了,平仍开着车,见了小荷,平把车停了,然后让小荷跟她表妹上车。在车上,小荷发现表妹跟平完全是陌生人的样子,便跟平说:"你跟我说你和我表妹恋爱了,可你们现在怎么陌生人一样呢?"

平茫然的样子,平说:"什么,她是你表妹?"

小荷说:"对呀。"

平停了车,然后回过头左一眼右一眼地看着小荷的表妹,平说:"不可能,你表妹怎么会是她?"

乡村故事

领导有一天上了开往郊区的公交车，领导觉得累了，想出来休息一下或者说出来放松一下。领导也没有叫司机，他觉得有个人在跟前不自在。上了车后，领导很快被一个人认了出来，这人跟领导笑了笑，还打着招呼说："李书记您……"话没说完，这人打住了。这人觉得县委李书记不可能坐在一辆破旧的公交车上，于是这人没说下去。但既然打了招呼，话还得说，这人随后跟领导说："您真像我们县委李书记。"

领导跟自己说怎么是像，我就是。但领导没说出来，只笑了笑。

领导的故事没有在公交车上继续，因为他下车了。

领导是在一条河边下车的，那河边有一个村庄。沿村庄过去，是一条堤，领导下车后上了堤。在堤上，领导就看见河了。领导曾经在汛期视察过这条堤，觉得风景很好，于是领导现在来这儿看风景。风景果然很好，一条堤上草色青青、花儿点点。堤下面，也是青青的河滩。河滩上有树，高高矮矮沿河滩长着。还有许多牛，在河滩上徜徉。领导是在农村长大的，读书之前一直放着牛。现在看见牛，领导就觉得很亲切了。领导跑下堤去，这头牛看看，那头牛看看。看了一会，忽然蹿来一伙人扭住领导。这伙人是当地村民，这半个月来，他们村里已经有三头牛被人偷了。村民现在很警觉，看见一个人在堤上，他们就悄悄留意起来。后来又看见领导这头牛看看，那头牛看看，于是把领导当成偷牛的贼，扭住了。领导没想到会有人扭住他，领导说："做什么，你们做什么？"

村民说："做什么，捉你这个偷牛的贼。"

领导说："贼，谁是贼？"

村民说："你就是贼。"说着，一个人声音严厉起来，这人说："把他捆起来，然后给派出所打电话。"绳子好像是准备好的，一伙人立即过来捆领导。领导急了，一边挣扎，一边说："我真不是贼，我是县委李书记。"

领导这话一出口，村民立即哈哈大笑起来，笑着时一个人说："这个人有毛病吧，他居然说他是县委李书记。"

领导说："我真是县委李书记。"

一个人说："你骗三岁小孩子去吧，当官的会像你这样出来，他们哪个出来不坐着小车？"

又一个人说："你看你像当官的吗，乌皮黑瘦，那些当官的吃多了冤枉，哪个不是大腹便便。"

这些人说着时没停手，很快，他们把领导绑在一棵光秃秃的大树上。

领导被绑后严厉起来，领导说："你们随便限制一个人的人身自由，这是犯法的。"但村民不听，一个村民甚至上前打了领导一巴掌，然后说："你说，我的牛是不是你偷的？"

领导说："我跟你说了，我是县委李书记。"

另一个人也过去打了领导一巴掌，也凶着说："我的牛也被偷了，是不是你偷的？"

又一个人说："问那么多做什么，他不会承认的，打手机叫派出所来捉人。"

一个人有不同看法，这人说："等会叫，晒他两个小时再说。"

一伙人觉得有理，不打手机了。但这时领导身上的手机响了，一个人听了，就说："妈的，你还有手机呀。"说着，从领导身上搜出手机来。搜出来一看，一伙人很惊奇了。领导的手机又薄又小，十分好看。几个人你看看我看看，都说："一个偷牛的贼，还有这么好看的手机。"

手机响了一会，没人接，就不响了。领导当然让村民把手机还他，但一伙人不听。一伙人觉得领导的手机那么好，身上可能会有更好的东西，于是一伙人七手八脚在领导身上搜，把领导的钱包等东西都搜了出来。搜过，一伙人就往一棵大树下去躲荫。但才走过去，领导的手机又响了。一个人接了，才把手机放在耳边，这人便听到电话里说："李书记吗，你怎么不接电话？"

接手机的人听了，慌忙关了手机。然后跟大家说："这人可能真是书记呢，刚才我一接电话，人家就喊李书记。"

几个人就觉得问题严重起来，你看着我，我看着你。

忽然，手机又响了。

这回，另一个人拿过手机，这人说："喂，你找谁？"

手机里说："我找李书记，他的手机怎么在你手上？"

这人说："李书记，你说这手机是李书记的？"

手机里说："是，这是李书记的手机，他的手机怎么会在你手里？"

这人说："你说李书记长什么样子？"

手机里说："个子不高，有点黑，也有点瘦。"

这人听了，忽地关了手机，然后跟几个人说："这下闯祸了，这个人真是县委李书记。"说着，这人扔了手机跑起来。几个人见他跑了，也把刚才从李书记身上搜到的东西扔在地上，然后跑起来。有一个人，跑了一会，又跑了回来，这人三下两下解开缚着领导的绳子，又飞快跑走了。

领导叫起来，领导说："别跑。"说着，领导过去捡起手机，要给公安局打电话。但想了想，领导还是放下了，没打。

再说那伙人，他们跑回家后简单拿了些东西，就离开村子躲了起来。人虽然躲了，但还会不时地往家里打电话，问是不是有警察到村里捉人。这样的电话天天打，也天天提心吊胆。但情况还好，没有警察到村里捉过人。一伙人没见什么动静，回来了。

一回来，一伙人就碰在一起，然后一个人说："你们说这个李书记怎么没派人来抓我们？"一伙人都没说话，也就是说，他们回答不出来。但有一个人，他想了想，然后跟大家说："我觉得只有一种可能，就是这个李书记肯定出了问题了，他顾不上我们了。"

一伙人点头，都说："不错。"

但他们错了，这天晚上，他们当中就有人看到李书记在电视里主持召开一个会议。这人吓得电视都不敢看了，然后跑去告诉其他的人。

一伙人又提心吊胆了。

被狗咬了

一户人家在城里买了房，又一户人家，也在城里买了房，再一户人家，仍在城里买了房。村里人有钱，他们都在城里做事，男人一天可以赚三百多块，女人一天也能赚一百多块。赚了钱，他们就在城里买房。那村很小，只有三十几户人家，就有二十七八户在城里买了房。这些在城里买了房的人，都搬到城里去了，人一搬走，村里就很空了，只留下一些老人。一个贼或者说一个乡下二流子，有一天在村里走了很久，他除了看到一些老人和一些狗外，就没看到一个年轻人。贼后来走近一个老人，贼问着老人说："村里怎么没人呢？"

老人说："搬了，都搬城里了。"

贼说："城里有什么好呀，为什么都往城里搬？"

老人说："城里是不好，但大家说伢崽在城里读书方便，所以都往城里搬。"

贼说："以前热热闹闹的一个村子，空了。"

老人说："是空了。"

这个老人随后也走了，快过年了，老人的儿子接老人去城里过年，老人不愿意，老人说："我走了，地里的菜怎么办？"

老人的儿子说："几棵菜就算了，城里有菜买。"

老人又说："家里的狗怎么办？"

老人的儿子说:"狗生命力强得很,它自己会找食吃。"

老人真不愿去城里,但儿子态度很坚决,硬是要把老人带走,走时,狗跟着他们,老人的儿子便赶着狗,跟狗说:"回去,你回去——"

狗不回去,还跟着。

老人的儿子便捡起一块石头,做凶恶状。

狗仍跟着。

老人的儿子便狠狠地把石头扔过去。

狗叫一声,回去了。

那个贼这天又到村里了,他仍在村里走来走去。村里人更少了,贼只看见几个老人和几只狗。贼后来走近那个老人的家,他觉得那房子做得挺好的,他想进去看看里面有什么值钱的东西,但还没走近,一只狗直扑了过来并张嘴就咬。幸好,贼手里拿着一根棍子,贼挥棍打过去,把狗打退了。此后,贼与那只狗较量着,贼想进去,狗扑过来,贼挥棍打狗。狗毕竟比不上人,几个回合后,贼占了上风。贼后来撬开老人的房门,进去了。这房子是新做的,但才做好,老人的儿子便搬城里了,好好的房子,便空着。贼进去,看见电视冰箱煤气什么都有。贼自己住在一幢破屋里,这儿跟他家比,简直就是天堂。贼不想走了,开了电视躺在床上看。看了许久,贼饿了,他看看冰箱,里面有肉有菜,贼高兴了,切肉炒菜弄起吃的来。

那只狗一直没走,它时不时地叫一声又叫一声。贼不怕,村里没什么人,贼知道没人来过问他。

很快,贼煮好了饭,炒好了菜,然后,贼坐桌前吃起来。狗看见贼吃东西,又叫起来。贼听到狗叫,扔了一块肉过去。狗扑过去,不叫了。但吃完了,狗又叫起来。贼再扔过去一块肉。狗又不叫了。如此几次,贼跟狗熟了。

这个贼后来经常来,贼通常会先看看电视,然后煮饭炒菜,自己吃,狗也吃。狗吃饱了,在贼跟前摇头摆尾,作高兴状。

显然,在狗眼里,贼是主人了。贼在村里走动,狗跟着。村里一个老人，多次看见那个贼了，这天，老人在贼走到他跟前时问着说："以前没见过你呀？"

贼说："我在城里做事，你当然没见过。"

老人说："这只狗我见过，他是桩子家的狗，现在怎么跟着你了。"

贼说："我养他，他就认我。"

老人说："也是，桩子一家都走了，他爹也被桩子接到城里过年去了，你不养，这狗就会饿死。"

贼说："是这么回事。"

贼常来，来了就煮东西吃，那冰箱里的东西就煮完了。这天，贼拖了一辆板车来，把冰箱，电视机和煤气灶、煤气罐放上了板车。拖出村时，那狗也跟着。一个老人，看见东西是从桩子家拖出来的，老人便问着贼说："你怎么把桩子家的东西拖走。"

贼说："我帮他拖到城里去。"

老人哦一声。

贼走了。

大概是贼把东西偷走后的第三天，那个被人叫着桩子的人回来了一趟。他是回来拿东西的，他把父亲接到城里过年，哪知父亲不习惯住在城里，加上吃坏了东西，竟病了，桩子现在回来拿父亲的换洗衣服。但让桩子没想到的事，他才走近家门，一只狗忽地蹿过来，桩子没有防备，手里也没有棍子，当即，那狗在桩子腿上狠狠地咬了一口。

桩子居然被自己家的狗咬了。

乡村医生

乡村医生走出来，一路上都有人跟他打招呼，一个说："李医生吃了吗？"乡村医生说："吃了。"一个说："李医生去哪儿呢？"乡村医生说："在村里走走。"一个说："李医生，我老婆吃了你的药，肚子不痛了。"乡村医生说："不痛就好。"一个人牵着孩子，见了乡村医生，这人忙跟孩子说："叫大伯，快叫大伯。"又一个人，在孩子叫大伯时，提着一篮杨梅过来了，这人说："李医生，这是我刚从山上摘来的杨梅，这一篮送你。"乡村医生说："那谢谢了，我刚好要弄些杨梅浸酒。"说着话时，一个人又喊道："李医生，我刚酿了酒，你过来尝尝甜不甜？"乡村医生就要过去，但这时一个更大的声音喊了起来："李医生，细华儿子病了，喊你看病。"

乡村医生听了，转身就走。

回到诊所，乡村医生看到几个大人和孩子。见乡村医生来了，一个说："李医生，我伢崽好像有点发烧。"一个说："李医生，我伢崽咳嗽。"

乡村医生说："不要紧，我给你们看看。"

在乡村医生给孩子看病时，有一行人要来看望他了。这一行人当中，一个是市卫生局的局长，一个是县里分管文教卫生的副县长，一个是县卫生局长，三个领导以及随同人员，共有七八个人。乡村医生所在的村十分偏僻，又不通车，一行人先开车到一个水库上，然后弃车坐船。坐了四十分钟船，他们下船了，在山路上走。走了好一会，他们见到一个人了，于是他们中的一个问道："去山陂村是不是往这儿走？"

回答："是，一直顺路走。"

又问："还有多远？"

回答："还有七里。"

这七里路，就让一行人走得气喘吁吁了，好在喘着气时，他们就看见有村庄了。又有人走来，他们中的一个又问道："前面是山陂村吗？"

山陂村偏僻，很少有这么多人来，被问的人忘了回答，只看着这一行人。一行人见那人不回答，又问着说："请问前面是山陂村吗？"

被问的人这回赶紧回答说："是。"说过，这人也问起一行人来，他说："你们是城里人吧？"

一个人说："是。"

这人又问："你们到我们村找谁呀？"

一个人说："市里的张局长县里的王县长来看望你们村的李医生。"

这个人听了，忽然跑起来，往村里跑，边跑还边喊："李医生，县长来看你了。"

很快，一行人就见到乡村医生了。有人把局长和副县长介绍给乡村医生，说这是局长，这是县长。这局长县长都和蔼可亲，他们握着乡村医生的手说："你辛苦了！"

又说："你坚持在最基层的村级卫生所为村民看病治病，不容易呀！"

随后，一行人这里看看，那里看看。看过，他们就感叹起来，他们说："最基层的医生真是太苦了。"

又说："太艰难了。"

一行人是有备而来，他们给了乡村医生一个红包。村里很多人在乡村医生门口看着，看见红包，一个人就说："你看人家李医生多有本事，连县长都给他发红包。"

给了红包，一行人就告辞了，他们还要回到水库上去吃饭。乡村医生和村里一伙人送着他们，送到村口，才停住。一行人中有两个人，这两个人当然不是局长县长，他们只是随从。他们走了一会，又回头望了乡村医生一眼，然后一个说："听说这李医生是1987年抚州医专毕业的？"

一个说："是。"

一个说："这李医生算得上科班出身，怎么还在这样的穷乡僻壤混？"

一个两手一伸，意思是他怎么知道。

乡村医生和村里一伙人当然没听到，他们还在向一行人招手。

一行人走远了，不见了，村里一伙人才把眼睛看着乡村医生，都说："李医生你真了不起，县长那么大的官都来看你。"

一个人，牵着孩子，这人把孩子拉到乡村医生跟前，然后说："你大了也努力，以后像李医生这样有出息！"

陌　生

　　小禾在大学里读书，因家里穷，为了省点路费，他有两年没回家了。但第三年，也就是小禾读大三时，小禾突然接到父亲打来的电话，父亲在电话里跟小禾说："家里装电话了。"

　　小禾很意外，小禾说："家里怎么有钱装电话？"

　　父亲说："我办了一个养殖场，现在家里经济状况比以前好多了。"

　　此后，父亲便经常跟小禾打电话。每次，父亲都在电话跟小禾说："你回来呀，不要再省几个路费了。"不仅说，父亲还给小禾寄了好几千块钱路费。小禾有两年没回家了，他当然想回去。但他告诉父亲，他只能等放假才能回去。当然，父亲给小禾打电话还会说些别的。有一天，父亲就在电话里跟小禾说："你知道吗，我养殖场里十几头猪，最大的有一千多斤。"

　　小禾说："那养了多长时间呀，两年还是三年？"

　　父亲说："你读书读傻了吧，现在科学养猪，我们给猪吃催长素，一头猪哪有养两年和三年的，三个月就出栏。"

　　小禾又很意外，小禾说："只养三个月就能长到一千多斤？"

　　父亲说："是呀，一头猪卖出去，好几千块钱哩。"

　　有一次，父亲还告诉小禾说："我们家的鸡也长得大，每只都有十多斤，最大的，有二十多斤。"

小禾说:"那好呀,下次回来杀一只给我吃。"

父亲说:"你不能吃。"

小禾说:"爸爸你怎么变小气了呀,一只鸡也舍不得让我吃。"

这以后不久就是国庆节了,国庆节有假,小禾便回家了。但到了家里,小禾并没看到父亲,也没看到母亲。小禾打电话一问,才知道父亲母亲跟旅行社到北京七日游去了。

小禾虽然没看到父亲母亲,但见到了外婆,还见到他父亲养殖场里那些猪和鸡。真像他父亲说的那样,那些猪真的很大,最大的确实有一千多斤。这么大的猪已经不能走了,只能躺在食槽边。那些鸡也大,大得走路都走不动,每走一步,都歪歪倒倒。小禾是乡下长大的,但他从来没看到过那么大的猪和鸡。小禾不知道父亲到底用了什么方法,把猪和鸡养得那么大。

这天下午,小禾杀了一只鸡。小禾在学校很久没吃鸡了,他很想吃鸡。小禾做这些还是蛮在行的,因为他毕竟是乡下长大的。把鸡烧好后,小禾当然盛给外婆吃,但外婆吃斋,老人家莫说吃鸡,就是小禾杀鸡时,她都不敢看。

小禾这次回来一直没见着父亲和母亲。后来,小禾就回学校去了。

这以后,小禾开始胖起来了,有一天一个同学就跟小禾说:"小禾你胖了。"

小禾不相信自己胖了,小禾说:"不可能,我怎么会胖呢?"

又一天,也有一个同学说:"小禾你胖了。"

小禾还是不相信,小禾说:"我没有理由胖呀!"

但不管小禾相信不相信,小禾确实胖了。有一天,小禾所有的同学都跟小禾说:"小禾,你怎么变得这么胖呀?"

现在,小禾不相信也不行了,他以前从不照镜子,但这次小禾去照了镜子。在镜子里,小禾就很吃惊了,他发现自己胖了很多。

小禾后来还在继续胖,几个月后,小禾胖得走路都很累了,他成了学校最胖的人。

这年寒假，小禾又回家了。这次还没进家门，他就看到了父亲，小禾很吃力地走到父亲跟前去，然后喊着说："爸爸，我回来了。"

父亲茫然的样子，父亲说："你是谁？"

小禾说："我是小禾呀。"

但父亲不信，父亲说："你是小禾，你怎么会是小禾呢，小禾会是你这种样子？"

说着，父亲走开了。

灿烂如花

有一天，我和朋友上山去看花。

山上有很多花，早春的时候，映山红开了，一朵朵鲜红的花，开在山山岭岭，便把山映红了。稍后，蔷薇花开了，粉红的蔷薇一开一大团，十分惹眼。再后，野栀子花开了，野栀子花不显眼，但花香袭人，离得老远，便香气扑鼻。野栀子花开在初夏，随后，在整个夏天和秋天，山上开着各种各样的花，一茬又一茬。有时候，各色的花一起开着，这时候的山上便五彩缤纷，万紫千红了。

但这天，我们却没在山上看见花。没看见鲜艳的映山红，没看见粉红的蔷薇和洁白的野栀子花。我们看见的是满山满岭枯黄的树叶和同样枯黄的草。偶尔，在枯黄的草色里有一点红，但那不是花，那是被霜染红的树叶。这种颜色告诉了我们，现在，不是看花的季节，因为，现在还是冬天。

不过，我还是想看到映山红，想看到蔷薇，想看到野栀子。我们知道，花没开，但它们的茎和叶还在。但在山上，我们没看到映山红，没看到蔷薇，更没看到野栀子。山上到处是灌木，高的矮的，粗的细的，但哪一株是映山红呢，哪一株是蔷薇呢，哪一株是野栀子呢？我都不认得。朋友大概怀着我一样的心思，我看见他这里看看，那里看看，但他眼里一直很迷茫。后来，朋友用迷茫的眼睛看着我，朋友说："你能认出映山红吗？"

我摇摇头。

朋友又说："那么蔷薇和野栀子呢，你能认出吗？"

我说："认不出来。"

在我们说话的时候，一个女孩摇曳着走来。是一个乡下女孩，有二十岁左右，穿着朴素，一点都不惹眼。她手里拿着一把柴刀，大概，她是上山来砍柴的。我这时真的很想认出映山红，想认出蔷薇和野栀子，我想她一定认得出来。于是，我在女孩走近时开口问起她来，我说："你认得映山红吗？"

"映山红还没开呢。"女孩说。

我说："映山红是没开，但它的茎和杆还在，你能认出来吗？"

女孩茫然的样子，随后摇了摇头。

朋友这时也开口了，他说："那么蔷薇和野栀子呢，你认得出来吗？"

女孩听了，也像我们刚才一样，这里看看，那里看看，但随后，女孩说道：

"奇怪哩，花没开的时候，我们根本认不出它们来。"

女孩说的，也是我想说的。是啊，花没开的时候，我们根本认不出它们来。在这密密麻麻的灌木丛里，哪一株是映山红，哪一株又是蔷薇和野栀子呢？我们都认不出来。它们在没开花的时候悄无声息，默默无闻，没人留意也没人注意它们。但花一开，它们就灿烂起来。映山红开的时候，那花鲜红得耀眼，它在风中摇曳着，仿佛在说我是映山红哩，你认得吗？没有人不认得映山红，所有上山的人都会向着映山红微笑，在心里说我认得你，映山红。蔷薇和野栀子也一样，当它们开花的时候，它们就不再默默无闻了，它们灿烂的样子，让每一个人都能一眼就认出它们来。

这天，我们终究没能认出哪株是映山红，哪株是蔷薇和野栀子。不是我们无知，实在是因为所有的灌木，在它们没有开花的时候，它们几乎就一个模样。它们只有等到花开的时候，才会向我们昭示它们的绚丽和辉煌。

很快，我们看到花开了，那是春天，我和朋友又一起上山去看花。离山还远，我们就看见映山红开了。映山红开得热热烈烈，那鲜红的花像火一样，在山山岭岭燃烧着。上得山去，我们看见映山红在风中摇曳着，它们真的在告诉我们，它是映山红。我们笑起来，在心里说，我们认得你，映山红，你鲜艳的花朵让所有的人都能认出你来，都能感受到你的娇媚与灿烂。也就在这时，我眼里仿佛还开着粉红的蔷薇和洁白的野栀子花，一阵一阵香气袭来，我们陶醉了。

我和朋友这天一直在山上溜达，后来，天不早了，我们才下山。半山腰有一个村庄，离村还远，我们就听到噼噼啪啪的爆竹声。等我们走进村，我们看见村里很多人，个个脸上喜气洋洋。忽然，一个人走过来，往我们手里塞一把糖。这人告诉我们，村里的小芹结婚了。随即，我们看见那个叫小芹的新娘。她穿一身红衣裳，脸红扑扑的。再看，她就是上次我们在山上见到过的那个上山砍柴的女孩。但今天，女孩比上次漂亮多了。女孩好像也认出了我们，她灿烂地笑起来。我们在女孩灿烂地笑着时忽然明白了，女孩这朵花，今天开了。尽管她以前平平淡淡，悄无声息，毫不显眼。但今天，女孩结婚的日子，她灿烂起来。

其实，不管是花还是人，他们也许很久都默默无闻，但他们，都会有灿烂的日子。

春 天

苹是个多愁善感的女人。苹喜欢春天,在春天的时候,看见花红叶绿,苹的心情也会像花儿一样灿烂。她会像女孩子一样,在花里叶里跑着跳着。画家是苹的朋友,看见苹这样,画家总说苹还是个孩子。但秋天的时候,苹看见落叶就会伤心落泪。在一个秋风萧瑟的日子,苹又为落木萧萧流泪。画家就在苹跟前,他看见了苹流泪。画家不知道苹为什么落泪,画家说:"你怎么啦?"

苹告诉了画家,苹说:"我只喜欢春天,而不喜欢秋天,在春天花儿开放的时候,我的心情会像花儿一样灿烂,但在秋风萧瑟的时候,我最怕看到无边落木萧萧下的景象,我为那些落叶哀叹,为落叶流泪。"

画家笑了笑,画家说:"黛玉为落花伤心,你为落叶流泪,你是另一个黛玉了。"

苹说:"让你见笑了。'

画家说:"不,我很感动。"

画家很爱苹,有很长时间了。但苹有家,画家自己,也成家了,画家只能把爱埋在心里。但因为爱,画家很喜欢走近苹,喜欢和苹在一起,画家看着苹,心里便充满了欢喜。

这一天,画家又和苹在一起。也是秋天,也是秋风萧瑟的时候,也是无边落木萧萧而下。看着落叶,苹又流泪了,苹看着画家说:"为什么一年里会有秋天呢，秋风萧瑟，落叶飘飘，看着真让人难受，要是一年里总是春天，总是花红叶绿该多好啊。"

画家说："如果你心里装着春天，那么，你心里便只有春天而没有秋天了。"苹说："我做不到。"

苹说着时，一枚落叶飘了过来，苹伸手托着，看着这片落叶，苹很伤感地说："我现在也是一片落叶了。"

苹是个容易感伤的女人，画家不知道苹又有什么感触，怔怔地，画家看着苹。

苹又说："我们离婚了，为了别的女人，他离开我了。"

苹还说："我现在被人抛弃了，你说，我还不是一片落叶吗？"

画家摇摇头，画家说："还有我呢，我爱你，你知道吗？"

画家又说："有爱的女人就有依托，所以，你不是一片落叶。"

轮着苹摇头了，苹说："你的爱不该给我，应该给你妻子。"

画家说："可是我不爱她呀，我只爱你。"

苹还是摇头，苹说："不可以的，你不可以爱我，你怎么可以爱我呢？"

画家说："我怎么不可以爱你呢，我有爱的权力呀，我回去就跟她离婚，然后全身心地爱你。"

画家说着时，他们头顶上又一枚叶子飘落下来，苹也伸手托住它，苹说："你跟她离了婚，她的生命里也只有秋天了，那么，她也是一枚落叶了。"

苹说："我已经走在秋天里，看见的是秋风萧瑟无边落叶，我不希望另一个人也陷入我一样的处境。"

苹还说："好好爱你的妻子吧，让她的生命里没有秋天只有春天，让她的眼里总是花红叶绿。"

画家一把拥着苹，画家说："你让我很感动，我答应你，好好地爱我的妻子，但我还是想把春天给你。"

苹笑了，苹说："你以为春天是你的呀？"

画家说:"我说真的,我相信我一定能做到。"

画家回家后,很认真地作起画来。画家画了很多幅画,一幅画了桃树,一幅画了映山红,一幅画了蒲公英。还有一幅幅画,画的是青山,画的是绿水,这每一幅画,都花红叶绿,绚丽多彩。

每一幅画的下面,画家写了两个字:春天。

把画装裱后,画家去找了苹,然后把这些画挂在苹的每个房间。

从此,苹只要睁开眼,看见的都是春天的景象。

看久了,苹便把春天装在心里了。

一个人心里装着春天,哪里还会有秋风瑟瑟,落木萧萧呢。

离　开

　　平等了好久了，女朋友也没来。那是在河滩上，他们老见面的地方。河滩上有一排高高矮矮的树，平就在树下等女朋友。平在树下走来走去，走了很久很久了，女朋友也没出现。平就有些焦急了，一屁股坐在树下。

　　其实这几次约会，女朋友都姗姗来迟，很不情愿的样子。上次，女朋友居然提出了分手。女朋友的话，现在还在平耳边清清晰晰：

　　我们分手吧。当时女朋友说。你舍得跟我分手？平当时一点也不在意。

　　真的，我要跟你分手。

　　真的，你不会跟我分手。

　　平这样说是有道理的，他跟女朋友好，一直都是女朋友主动。你是树，我就是叶，只要你不抛弃我，我永远都会挂在你身上——这话，女朋友说过一百遍一千遍了。所以上次女朋友说分手，平根本没往心里去。现在，女朋友久等不来，平忽地意识到女朋友可能是说真的了。

　　平坐不住了。

　　平又在树下走来走去，后来，天就暗了些。平以为天晚了，但看看表，时间还早，是天上翻来覆去的云把太阳遮住了，让天暗了下来。那些云跌落在河里，就真的成了乱云飞渡了。平那时刻已经从树下走到河边，他恍惚觉得那些云在往他心里飞来。乱云飞渡仍从容，平跟自己说，但他觉得自己快要做不到了。

平现在不走了，眼巴巴望着河岸上那条路。

终于，平看见一个女孩从河岸上走了下来。平飞快地迎过去，但才跑了几步，平就看清了，那不是他女朋友。那是另一个女孩，一个平不认识的女孩。

平一下子泄气了，呆在那儿。

女孩也走到了河边，在离平十几米远的水边，女孩坐了下来。随后，女孩就一直坐在那儿。女孩用双手托着下巴，呆呆地往河里看，很久很久。

平知道女孩也在等人。

平现在也坐了下来，他相信女朋友会来，他在耐心等待。

平的女朋友没来。

女孩等的人，也没来。

女孩开始焦急了，左顾右盼。后来，女孩还站了起来，在河边来来去去地走着。不过，女孩始终没走近平。女孩在离平还有一段距离时，又转身往回走。走了许久，女孩又不走了，女孩一屁股坐下来，一动不动。

过了一会，平忽然看见女孩双手捧着脸。继而，平听到女孩的哭声了。开始，哭声很细，似有似无。渐渐地，哭泣声大了，平甚至从女孩的指缝间看见女孩泪水涟涟了。

平忽地为女孩担心起来。

平还在等着他的女朋友，但现在，他更多的心思放在女孩身上。天在慢慢暗下来，一个女孩还在河边哭泣，平不能不关注她。

女孩没有顾及平的存在，她还在伤心着，没有离开的意思。

天又暗了些，女孩仍旧哭泣着。那哭声像一只一只蚂蚁，先是在平身上爬，后来，就爬进平心里了，一下一下在平心里咬他。

平心里也痛起来。

平随后走近了女孩，他想劝劝她，让她离开。

女孩对平的走近无动于衷，她还在哭着。

平待了一会，开起口来。

平说："天不早了。"

平又说："你应该离开这里。"

平还说："天黑了，你一个人在这里就不安全了。"

女孩没睬平，还哭着。

平想了想，又说："你好像在等人，你没等到他，就在这里哭，对吗？你不应该哭，你要相信他会来。我也在这里等人，她也没来，但我相信她会来。"

女孩这回看了一眼平，开口说："他不会来了，以前，都是他来得早，这回，我等了两个小时了，他还没来，一定是他变心了。"

平说："你不要这么想，也许他有什么事呢，我女朋友没来，我就这么想。"

女孩说："他就是有天大的事，也会来，他以前从没失过约，他一定是变心了。"

平说："不管怎么说，你现在得离开这儿，天快要黑了。"

平说着，到处看了看，天真的快要黑了。朦胧中，平看见一个人从远处跑来，平于是说："你真的要离开这儿了，你看，有人来了，你一个人在这里太不安全了。"

女孩听说有人来了，忙回头去看，这一看，女孩立即蹿了出去。

在离平十几米的地方，女孩和跑来的人抱在了一起。平不好意思看他们，转过头去，但他们的声音，平想不听都做不到。

"你怎么才来呀？"

"你让我害怕死了！"

"我以为你变心了呢！"

"怎么会呢？"

"那你为什么现在才来？"

"路上一个人被车撞伤了，我把他送进了医院，就耽搁了。"

"你只顾别人，就不顾我。"

"我这不是来了吗。"

平听了，失落起来。女孩要等的人来了，他要等的人却没来。天已经黑了，女朋友不会来了，平忽然意识到，该离开的人，是他自己了。

落　叶

　　一个男孩和女孩的爱情故事，男孩生生死死爱着女孩，女孩却不爱男孩，哪怕一点点的爱意也没有。男孩女孩都是大学生，他们经常见得到。男孩每次见到女孩，就一脸难受地看着女孩，问女孩说："我一直都觉得自己很优秀，你怎么不接受我呢？"

　　女孩笑一笑，女孩说："你优秀吗，我怎么一点也不觉得呢？"

　　几乎每次见面，男孩都是那句话，女孩有一回就哼一声，女孩说："你怎么只会说这句话呢，我都听得要吐了。"

　　女孩说着走了。

　　这后来的一天，他们又碰见了。这次，他们在校外的一条堤上碰见了。学校靠河，傍晚的时候，常有些学生到堤上来散步，男孩会来，女孩也会来，于是他们就碰见了。这回，男孩没说："我一直觉得自己很优秀，你怎么就不接受我呢？"这句话，男孩从贴心的口袋里拿出一张照片来，女孩的照片。男孩女孩刚认识时，男孩问女孩要了一张照片。这张照片，男孩一直贴在心上。现在，男孩捧着照片，跟女孩说："我一直把你的照片贴在心上。"

　　女孩说："你酸不酸。"

　　男孩说："我每时每刻都想着你，你再拒绝我，我一定活不了了。"

　　女孩说："那你去死吧。"

男孩说:"你真的不爱我,哪怕一点点的爱意也没有?"

女孩还没等男孩说完,就转身走了。女孩说:"我懒得跟你说了。"

男孩伤心极了,呆在那儿,待了一会,男孩忽然转身跑向一座铁塔。那河边有一座很高的铁塔,河对岸,也有一座铁塔。两座铁塔,就把高压电线架过河了。男孩跑到铁塔下,爬了上去。女孩转身后没再回头,走开了。但女孩终究没走开,男孩打了她的手机。他们大四了,都配了手机,以便找工作方便联系。但现在,他们的手机不是在联系工作,而是联系着生与死。男孩爬在很高的塔上,打通了女孩的手机,然后男孩说:"你要再拒绝我,我就从塔上跳下来。"

女孩没听明白,女孩说:"你说什么?你再说一遍。"

男孩重复了一遍。

女孩说:"你是说你在塔上。"

男孩说:"不错,我在塔上,你再拒绝我,我就从塔上跳下来。"

女孩就很紧张了,跑到了塔下,女孩说:"你下来,你千万不要做傻事。"

男孩说:"除非你答应我,否则我不会下来!"

女孩说:"好,我答应你。"

男孩有些不信,男孩说:"你答应我,真的吗,你没骗我吧?"

女孩说:"真的,没骗你,你都愿意为爱去死,我还会骗你吗?"

男孩就下来了。

女孩在男孩下来后跟男孩说:"我很感动,你居然一直把我的照片放在身上,那是我的照片吗?我想看看。"

男孩便把照片递给了女孩。

女孩一拿过照片,立即把变脸了,然后睬也不睬男孩,转身走了。

男孩跟着女孩,男孩说:"你怎么啦,你怎么不理我,你答应了跟我好呀?"

女孩说:"你去死吧。"

男孩伤心到了极点,男孩说:"你这样对我,我活着也没意思。"说着，男孩又跑回到铁搭下，爬了上去。

女孩头也没回，走远了。

但女孩走得再远，手机还牵着他。男孩又打通了女孩的手机，男孩说："你答应了我，怎么又反悔？我又在铁塔上了，你不说清楚，我就从铁塔上跳下来。"女孩说："你跳吧，你现在跟我一点关系都没有了。"

男孩说："那刚才你为什么要让我下来，你不愿接受我，刚才就让我跳下来呀。"

女孩说："你这人真笨，刚才你身上放着我的照片，你跳下来摔死了，别人在你身上搜出我的照片，那我跳进黄河也洗不清呀，我以后怎么在学校混得下去。"

男孩再没作声了。

女孩没听到男孩的声音，又说："喂，你跳了吗，我想象你跳下来时，会像一片落叶一样，飘飘地。"

男孩仍没作声，但把手机关了。随后，男孩从贴心的口袋里拿出女孩的照片来，一张又一张。男孩太爱女孩了，他翻洗了好多张女孩的照片。现在，男孩一张一张把照片从铁塔上扔下去，那些照片，便真像一片片落叶了，飘飘地。

然后，男孩从铁塔上爬了下来。

男孩女孩的故事，结束了。

风　铃

兵回家探亲时，小琪抱着一个孩子来看他。兵屋里一屋子人，很热闹，小琪进来，把一屋子的热闹熄灭了。

旋即，众人离去。

一屋子只剩下兵和小琪，还有那个抱在小琪手里的孩子。

相对无言。

良久，小琪开口说话了："我对不起你。"

兵无言。

小琪说："是我母亲逼我嫁给大雄的。他有钱，给了聘礼两万块，我不嫁，母亲跳了两次河。"

兵无言。

小琪说："我是爱你的，一直爱你，我也知道你喜欢我，你还同意的话，我跟大雄离婚，跟你结婚。"

兵无言。

小琪见兵不说话，出去了。俄顷，小琪走了回来，她怀里除了抱着一个孩子外，还多了一个风铃。

小琪说："这风铃是你以前送我的，这两年我一直把它挂在门口。"

兵看见风铃，开口了："你现在来还我风铃，是吗？"

小琪摇头："我刚才说了，你还同意的话，我跟大雄离婚，跟你结婚。这事，你不要急于回答我，你考虑考虑，同意的话，把风铃挂在你门口，我看见了风铃，会来找你。"

小琪说着放下风铃走了。

屋里剩下了兵自己。

兵呆着，许久许久，后来兵拿着风铃，在手里晃动，于是有丁零丁零的声音在屋里响起，小琪住在隔壁，听到风铃声，她跑出来，抬头往他门口看。

他门口没有风铃。

小琪呆在自家门口，潸然泪下。

兵回部队时，也没把风铃挂在门口，而是把风铃带走了。回部队后，兵把风铃挂在营房门口。是大西北，风大，风铃整天在门口丁零丁零地响。兵没事时，呆呆地看着，心说："小琪，我把风铃挂在门口了，你看到了吗？"

军营里挂一个风铃，起先让兵们觉得好玩，久了，兵们烦了，觉得丁零丁零的声音很吵人，于是让兵拿下，兵拿下来，把风铃放好。但没事时，兵会把风铃拿出来，找一个无人的地方，坐下来，让风铃在胸前晃动，让风铃丁零丁零地响，还说："小琪，我把风铃挂在我的心口了，你看到了吗？"

小琪看不到，兵把风铃挂在心口也罢，门口也罢，小琪都看不到，小琪只看得见他的家门口，那儿，没有风铃。

两年后兵退伍了，这回，小琪没来看兵。兵问大家，小琪呢，怎么不见？大家说小琪不怎么出来了，整天缩在家里。兵问出了什么事，大家说小琪老公找了一个更年轻的女人，跟小琪离了。

兵沉默起来。

隔天，兵把风铃挂在门口。+小琪没来。+兵便看着风铃发呆，在心里说："小琪，我把风铃挂在门口了，你看到了吗？"+有风吹来，风铃丁零丁零地响，兵听了，又在心里说："小琪，风铃在响哩，你听到了吗？"+小琪听到了，也看到了，但她一动不动抱着孩子坐在屋里，没出

· 209 ·

来。+隔天，兵找上门去。+兵去之前，把风铃取了下来，然后放在胸前，同时用手晃动着，于是在风铃丁零的响声中，兵走进了小琪屋里。+小琪见了兵，头垂下，然后说："我现在被人抛弃了，你还来做什么？"+兵说："来告诉你，我不但把风铃挂在门口了，还挂在心上了。"+说着，兵又把手中的风铃晃动起来。抱在小琪怀里的孩子，四岁了，会说话，听见风铃响，孩子把一只手伸出来，说："妈妈，我要。"